LOS REYES DE LA BARAJA

ROGELIO NARANJO

.

LOS REYES DE LA BARAJA

.

texto de carlos monsiváis

siglo xxi editores, s.a.

siglo veintiuno editores, sa
CERRO DEL AGUA 248, MEXICO 20, D.F.

siglo veintiuno de españa editores, sa
C/PLAZA 5, MADRID 33, ESPAÑA

siglo veintiuno argentina editores, sa

siglo veintiuno de colombia, ltda
AV. 3a. 17-73 PRIMER PISO. BOGOTA, D.E. COLOMBIA

diseño y maqueta: martí soler y maría oscos
primera edición, 1980
© siglo xxi editores, s.a.
isbn 968-23-1025-3

derechos reservados conforme a la ley / impreso y hecho en méxico

HAGAN SU CONTRAJUEGO, SEÑORES

Los cuatro reyes miden a su auditorio en una rápida operación mental, lo dividen minuciosamente y para siempre: aquí sólo se distribuyen dos formas de presente y de porvenir: pobreza y riqueza, aspiración y posesiones, promesa y esperanza, sinceridad y credulidad, entrega y aceptación, logros y aplausos. Aquí se congregan, en esta inolvidable velada, los feudos y los cacicazgos y los dominios grandes y pequeños. Y el Señor Secretario saluda al Señor Gobernador y departe con el Señor Empresario y le finge aprecio al Señor Senador y atiende las justas demandas del Señor Minifundista-pero-en-grande y ríe ante el gracejo del Señor Obispo y escucha plácidamente las ofertas del Señor Comunicador. Todos pertenecen a esa única, inalterable generación mexicana que venturosamente ha creído en la Voluntad, la Tenacidad, el Empeño Inquebrantable, el Patriotismo Recompensado a Corto, Mediano y Largo Plazo, y que ha decidido lo siguiente, a saber: durante el tiempo y en el espacio de nuestro imperio, una jornada en la fábrica, un sexenio, una concentración voluntariosa de hectáreas, un pacto oportunísimo con la gran transnacional, una decisión económica que nos sacará del subdesarrollo; a lo largo de las horas y los sitios que nos pertenecen por el derecho propio del más apto (y la consecuente voluntad del pueblo) todos

son y serán nuestros hijos.

Hijos débiles, frágiles, quebradizos, caprichudos, obstinados, dóciles, amables, testarudos, persuadibles o desaparecibles, rebeldes, agradecidos, contentos, irreverentes, domables. Ellos, los reyes de esta baraja, se toman en serio y toman en serio su papel. No en balde sus orígenes: familias rigurosas o flexibles pero siempre unidas, disciplina de lealtad y de trabajo, puntualidad en la obediencia y en el mando; en su memoria, los sitios en la escala jerárquica siempre han sido nítidos, las órdenes siempre han llegado, a cada minuto y ante cada tema.

Ahora quisieran (ellos, los gobernantes, los constructores de la comunidad, los fértiles y generosos empresarios, los pastores de almas) abrir los brazos, extenderlos con serenidad infinita y dejarlos allí, convocando, fijando, recreando la atención, no en actitud redentora (al fin y al cabo, ¿quiénes son ellos para compararse con Aquél? o, también, ¿quién es Aquél para entremeterse en las decisiones de un estado laico y liberal?), sino como símbolo del destino, no lo irreparable o fatal sino lo que uno edifica en el momento en que se decide a abrir los brazos para plantarse ante la crisis, las cadenas de años cero, los abusos de quienes nada más piden, las catástrofes o las coyunturas históricas. Ahora desearían obtener con un solo gesto —la mirada desde la torre de control, el rechazo desde la propiedad, el odio desde la santidad— un silencio impresionante, un impulso reverente, la absorción sumisa de las masas en la contemplación de sus figuras. A ellos, a su capacidad para empuñar y prodigar los oros, bastos, copas y espadas del poder, la Patria les debe la estabilidad y la confianza internacional, *good evening, ladies and gentlemen, this is Mister Amigo from the ballroom in the White House. Sweet music and soft lights,* les debe los residuos de libertad y las palabras para expresar eternamente la gratitud, les debe la envidia ante la acumulación capitalista y el respeto al dinero bien habido (El único dinero mal habido es el que no se posee).

Pero no en balde los demonios del caos, la anarquía o la mala fe andan sueltos. Se precisan el fuego de salva, la intimidación sonora para que el anunciador exponga las intenciones voluntariosas de nuestros reyes; su próximo entusiasmo ante un país bendecido por el petróleo y su uso racional, por la fuerza de trabajo disponible y su distribución entre obreros y tragafuego, por la crisis rural que le permite a los campesinos el turismo urbano. Disminuido o aquietado el ruido ellos levantan rápidamente sus brazos y, como siempre, el aplauso los conmueve, el aplauso los reinstala en el sitio donde, inmutables, ellos inauguran estatuas y centros bancarios, aceptan bajo su palabra de honor de comunicadores sociales la responsabilidad de repartir con equidad risas y lágrimas, estrechan la mano de campesinos conmovidos y obreros de plusvalía requisada, apadrinan generaciones de nuevos valores y son programadamente leales a los intereses de quienes los ayudan y de quienes los defienden; el aplauso aclara las dimensiones de los lugares en donde ellos cumplen con su deber, en donde ellos son la Emanación del Deber.

Y los hombres responsables (respetables, respetuosos, representativos, las erres del ferrocarril brillan deslumbrando a la barbarie), los patriarcas de los hogares sólidos, los vástagos de las familias como-se-debe, el eminente doctor y el conocido abogado, el ingeniero y el comerciante en pequeño, el Caballero de Colón y la señora que encabeza la marcha del grupo Pro Vida, el líder local de la Federación de Sindicatos de Trabajadores al Servicio Discrecional del Estado y el gerente de banco, el profesor harto de la indisciplina y el censor de cine, el contador público y el periodista que maneja noticias de las que no se avergonzarían sus hijos, el industrial en pequeño y el hotelero, todos y cada uno de ellos se precipitan y los abrazan a la distancia y les reiteran su confianza y ponen en sus manos (no es que haga falta, pero es mejor que nos gobiernen con nuestro consentimiento) sus negocios, sus expectativas de vida próspera, su elevada idea de la función del estudio y de la diversión, su innata certidumbre en la continuidad moral y material de la familia, de esa patria que es la propiedad privada, de esa propiedad privada que es el Estado.

Antes se les decía Fuerzas Vivas. Hoy —resígnate, obsesión castiza— se le llama Establishment y a sus integrantes se les distingue de inmediato, no porque posean una forma especial de hablar y de moverse (aunque tenderían a ello) sino por su sigilo ante la cumbre de la pirámide, su avidez ante las bondades redistributivas de un país que amaneció un buen día convertido en presupuesto. Cuando se les convoca, nunca faltan porque en su esencia —de Fuerzas Vivas, de Buenas o Mejorables Familias, de Establishment— está la disponibilidad, el saberse arrendatarios de un privilegio que deben proteger con su adhesión. Los reyes de esta baraja que hemos dado en llamar México han transmitido una consigna y ellos la repiten y al repetirla la

hacen suya y al hacerla suya la transforman en "identidad nacional": nunca, en ningún país la justicia social se hace en un día, creamos devotamente en el Orden, sólo en el Orden prosperan nuestros negocios, se fortalece la fe, se desarrolla la ciudad, crecen armoniosamente nuestros hijos, se envejece con gallardía, se fomentan las amistades perdurables, se coopera a la grandeza de México. Y el Orden no es sólo la obediencia, es también la imposición genética de la paciencia, la Historia sólo nos absolverá si acudimos a la Plaza Mayor a recibir al Primer Mandatario, si le enviamos un regalo al Oficial Mayor, si hacemos una reverencia cada vez que nos encontremos con el Director del Banco. El Orden es la vida de los reinos; la disidencia, en cambio, todo lo arrasa: moral, economía, la estabilidad que nos hace tan singulares en América Latina, el patriotismo que no es un ritual levantisco sino un estallido emocional a fechas fijas. En la plaza, en medio del discurso unificado de los reyes, una visión espectral se pone entre paréntesis: la solitaria cabalgata del Apocalipsis. No se fijen en estas masas siempre ávidas, en el apiñamiento que florece en donde apenas hace unas horas dejamos a una pareja, ignoren a la miseria que se espesa en torno de nuestro contentamiento. Sí, el paisaje puede ser ominoso y los cambios son vertiginosos, y el petróleo es nuestro abismo ecológico y la importación de alimentos no es tanto el reconocimiento de un fracaso como el fracaso de nuestro reconocimiento internacional, y sin la represión seríamos todavía menos libres y sin la corrupción seríamos todavía menos honestos; todo esto es cierto, pero aún conservamos lo esencial: la certeza de que el PRI es un modo de vida que se inicia en la alianza y culmina en la expropiación individual de la nación; la fe en que a los campesinos los mantiene en su sitio la incapacidad de organizarse autónomamente; la interiorización secular del respeto a la autoridad; el certificado de inafectabilidad ideológica de la Revolución Mexicana; la certeza de que todo disidente es un solicitante heterodoxo y de que, para variar la detonante y ya muy empobrecida imagen de los cañonazos de cincuenta mil pesos que nadie resistía, el Gobernante Incapaz de Corromper no tiene chequera.

Aceptémoslo, el PRI no ha sido, como dicen en sus congresos, instrumento de desarrollo de las masas; ha sido la oportunidad de que las masas originen hombres que mantienen frente a ellos una amnesia programada; la iniciativa privada ha sido el vínculo armonioso entre el pasado feudal y el futuro de miseria y desempleo; la inflación y la carestía han sido tácticas de la irritación que desemboca en el sometimiento. Y sin embargo, a más de cincuenta años del golpe de unificación de Plutarco Elías Calles, unificada la sociedad despolitizada y contrapolitizada la sociedad, el Estado y la clase dominante enfrentan su crisis más prolongada de credibilidad interna y externa y a ella le oponen su probada experiencia: acuerdos renovados como suscripciones, transformismos ideológicos, luchas y depuraciones internas, herejías

sospechosamente parecidas a las ortodoxias, lemas cuya ambigüedad programada permite la negociación de su significado. Todo se modifica, mientras se filma y se transmite (en tiempo del Estado) la leyenda áurea de asonadas y campos de batalla y planes redactados sobre las rodillas de la Patria y amigos íntimos a cuyo pelotón de fusilamiento es preciso recompensar como es debido.
¡Qué bueno que mi compadre murió como un hombre, mentándome la madre!

Pero hay lo inalterable, lo duradero. Entre los reyes habrá enconos, diferencias insalvables, enfrentamientos episódicos o permanentes; pero los une el íntimo y público conocimiento de que la reputación del mando es el mando, de que el secreto de la permanencia es la permanencia, de que si el poder deforma la falta de poder destruye. A los reyes de la baraja que Rogelio Naranjo traza corrosiva y creativamente no los une el amor sino el reflejo, la similitud, el extraordinario parecido consigo mismos. Ellos, pese a su experiencia, siguen creyendo en la conseja que a la letra dice: al llegar al fondo del abismo, te encontrarás con la telenovela de la tarde. Los reyes lo niegan todo: la explotación, la lucha de clases, el futuro rebelde que estalla en una marcha o en un apretujamiento del metro. En su turno, Naranjo, con la ferocidad y la lucidez de sus dibujos, se niega a esta lotería babilónica que nos ha acostumbrado a la transformación de las palabras en cosas, residencias, monumentos en vida.

Carlos Monsiváis

OROS

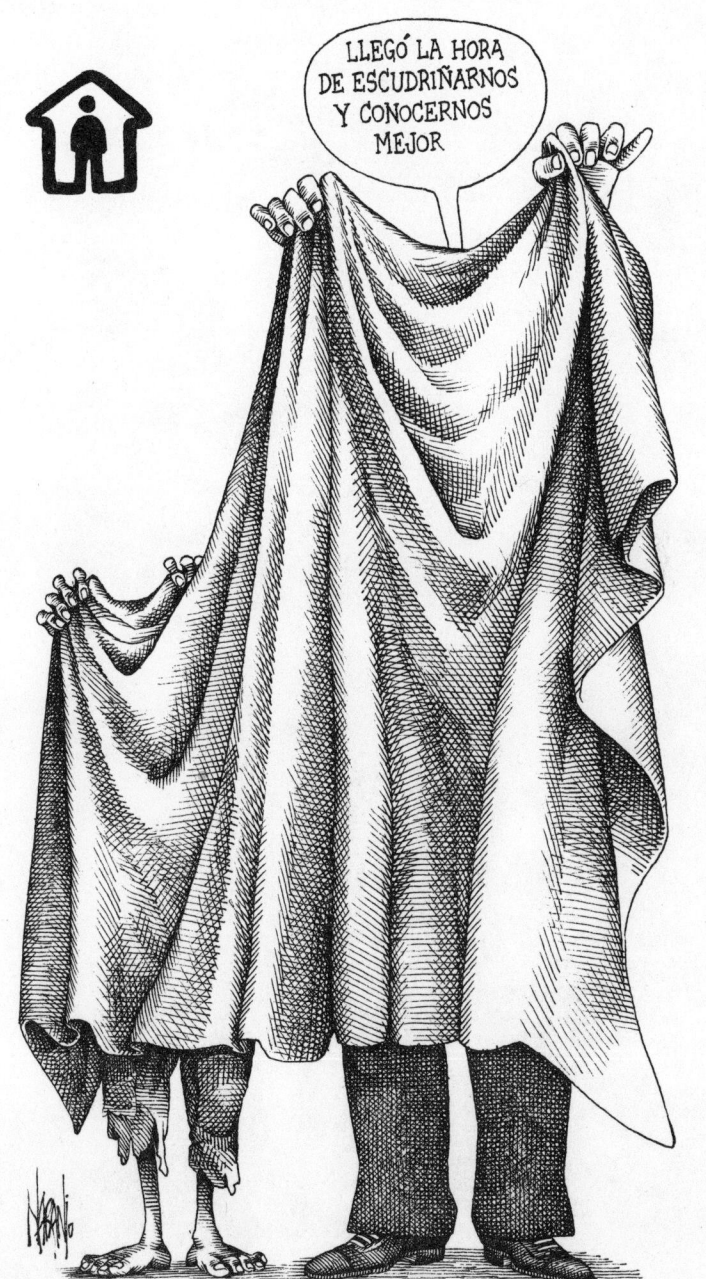

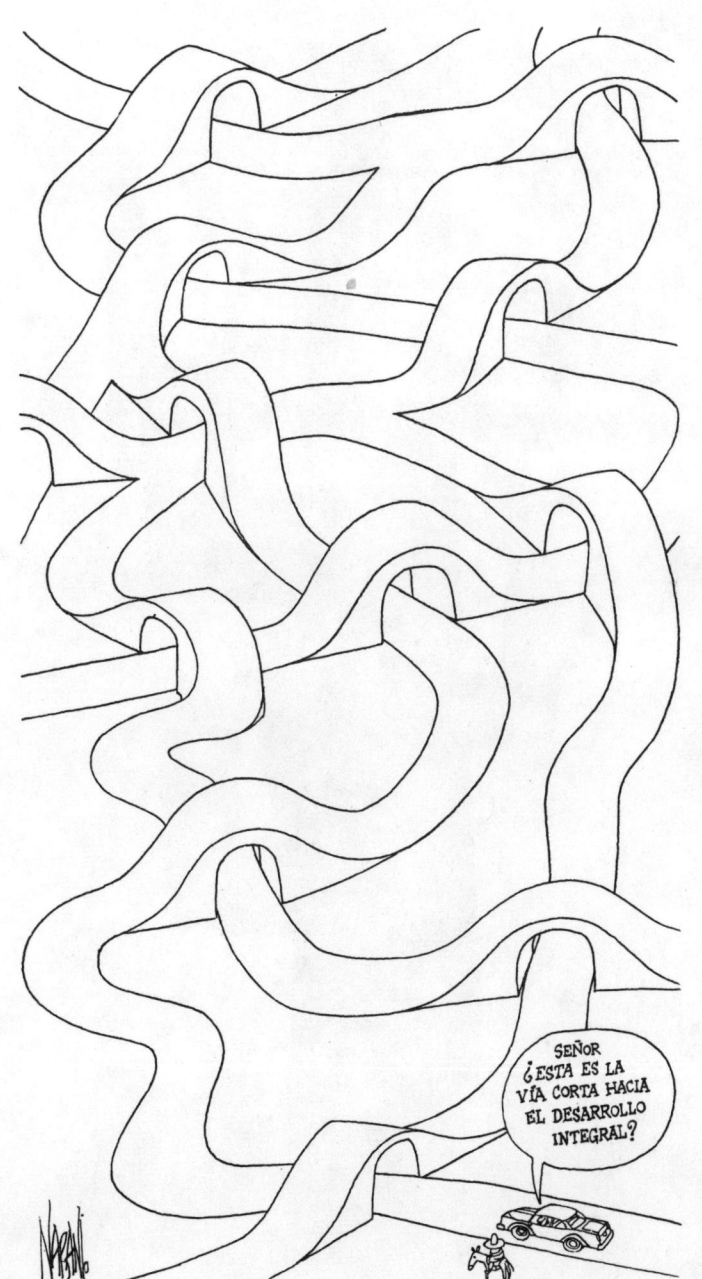

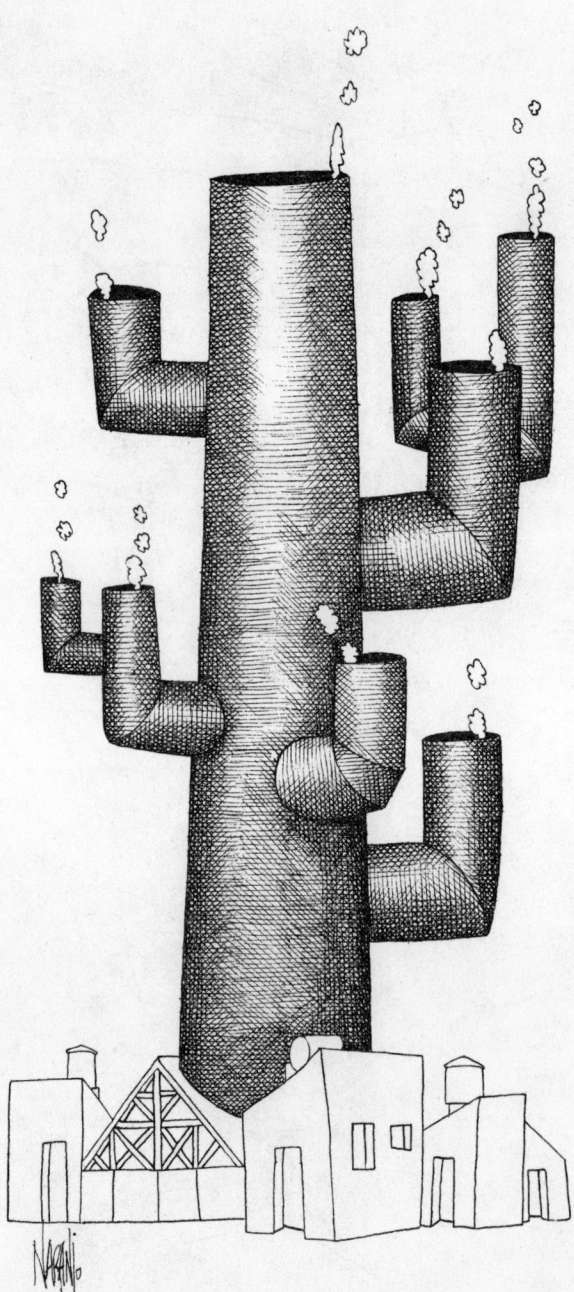

¡MEXICANO, TÚ PUEDES! PERO, ¿SABES QUÉ TE HACE FALTA? UN PRÉSTAMO.

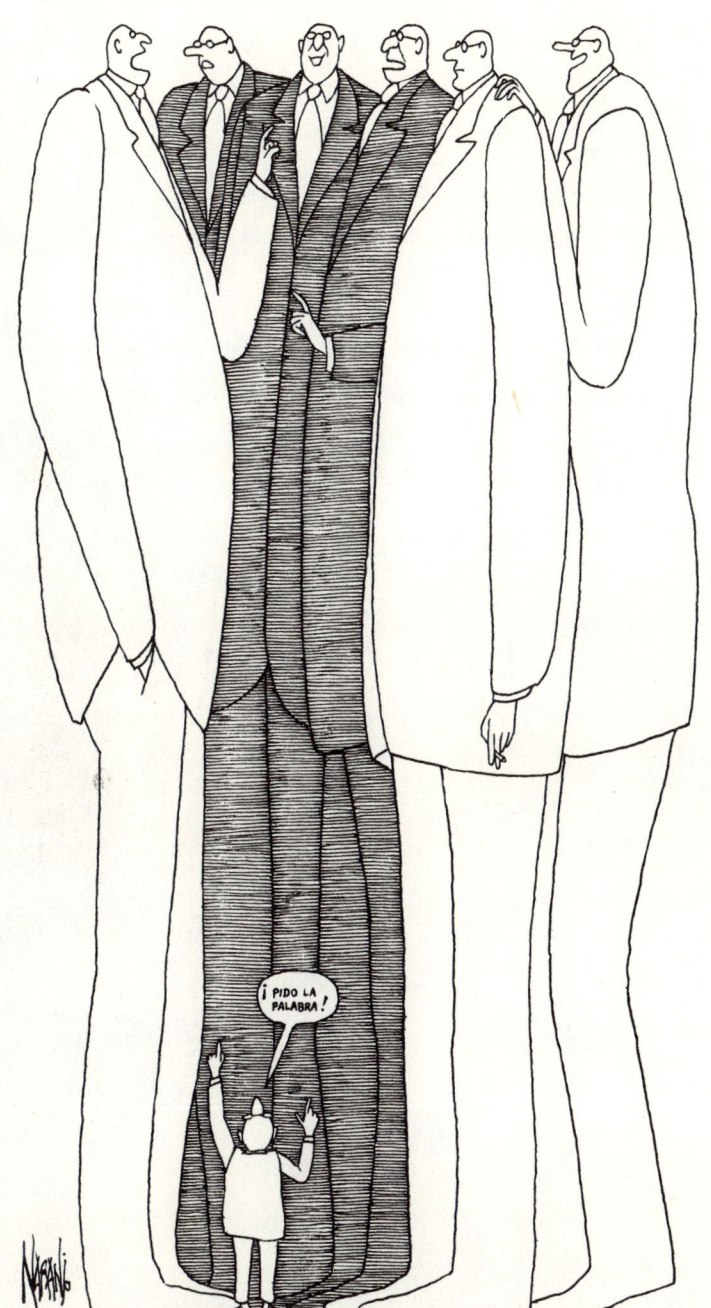

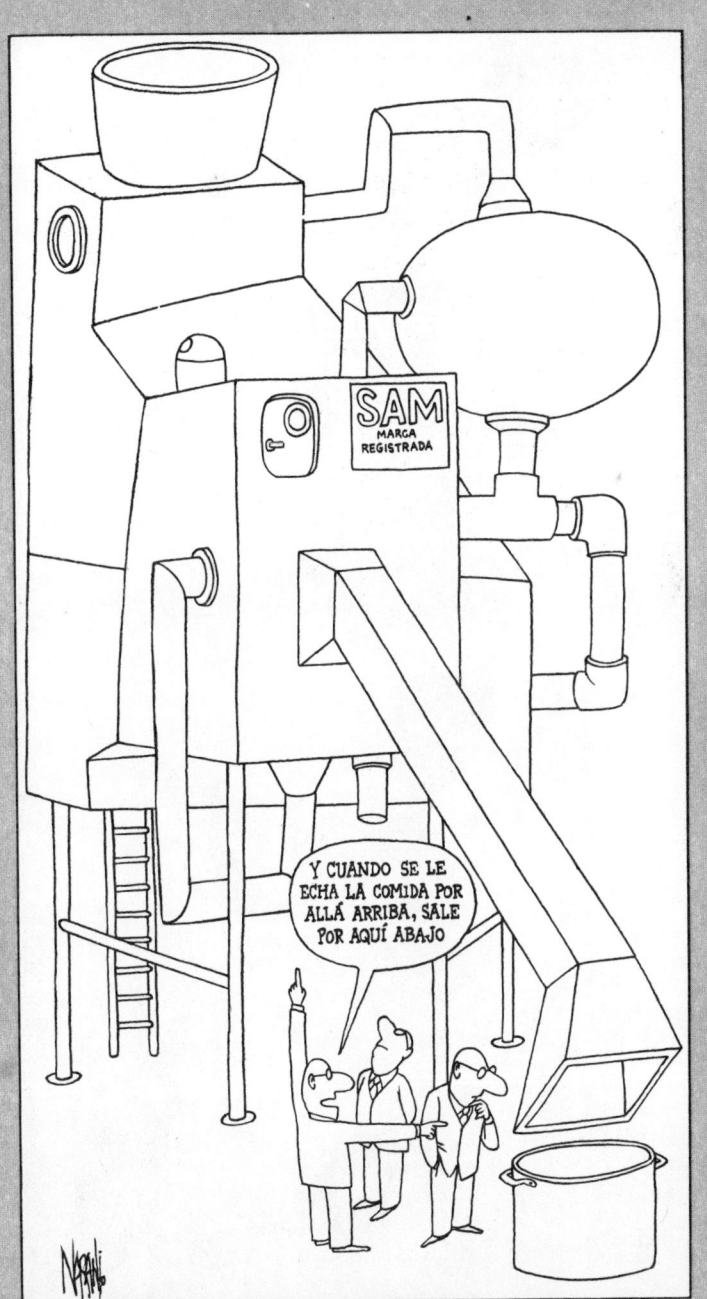

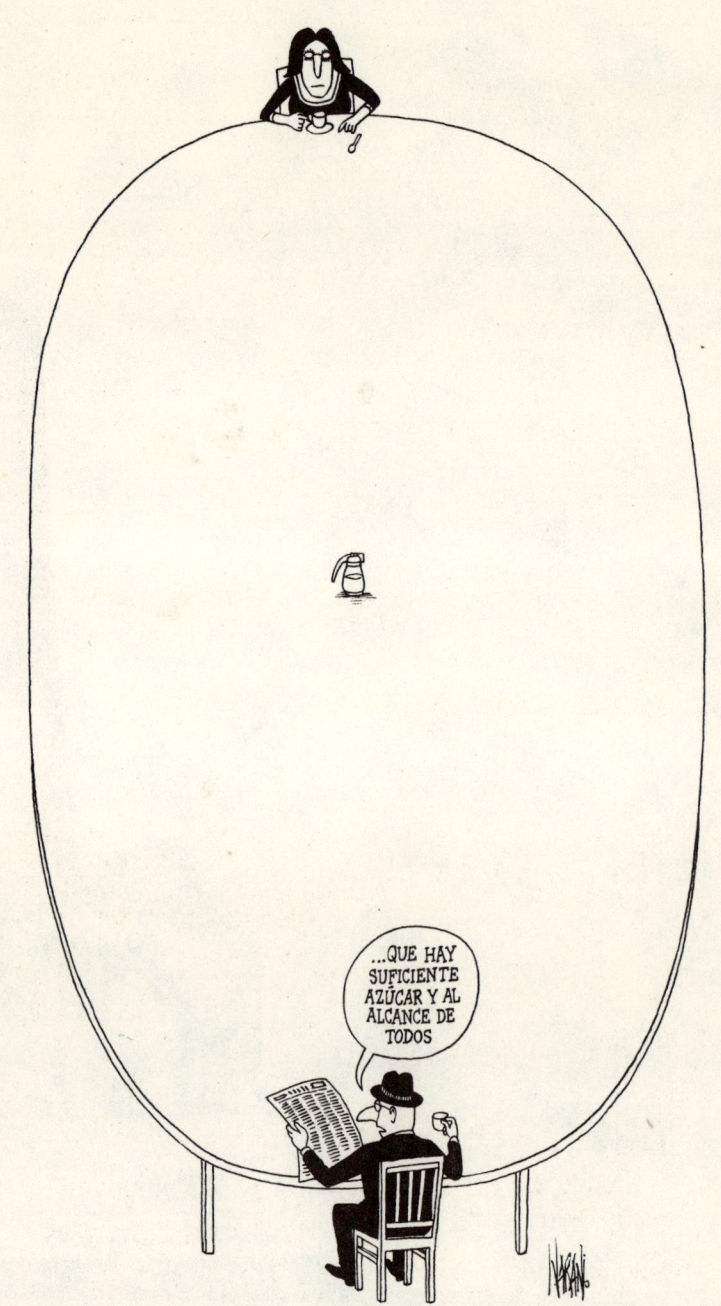

> LAMENTO QUE ALGUNAS APRECIACIONES NO SE AJUSTAN A LA REALIDAD

34

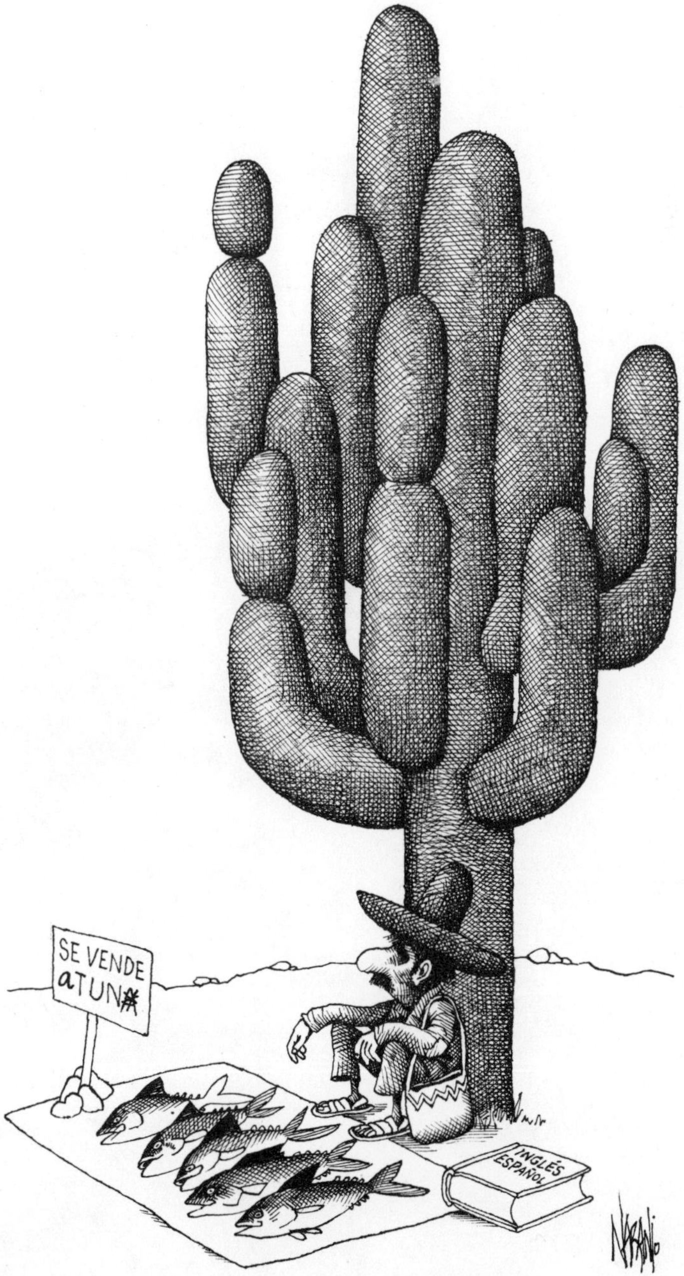
SE VENDE
aTUNA
INGLÉS
ESPAÑOL
NARANJO

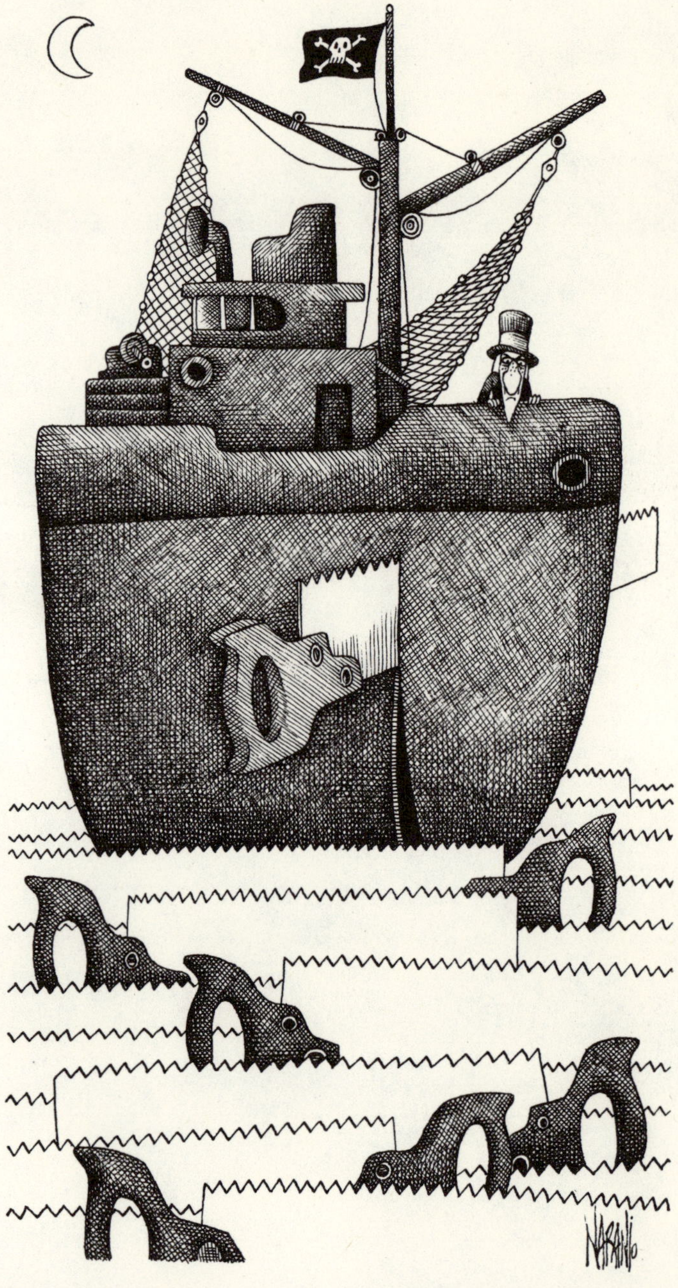

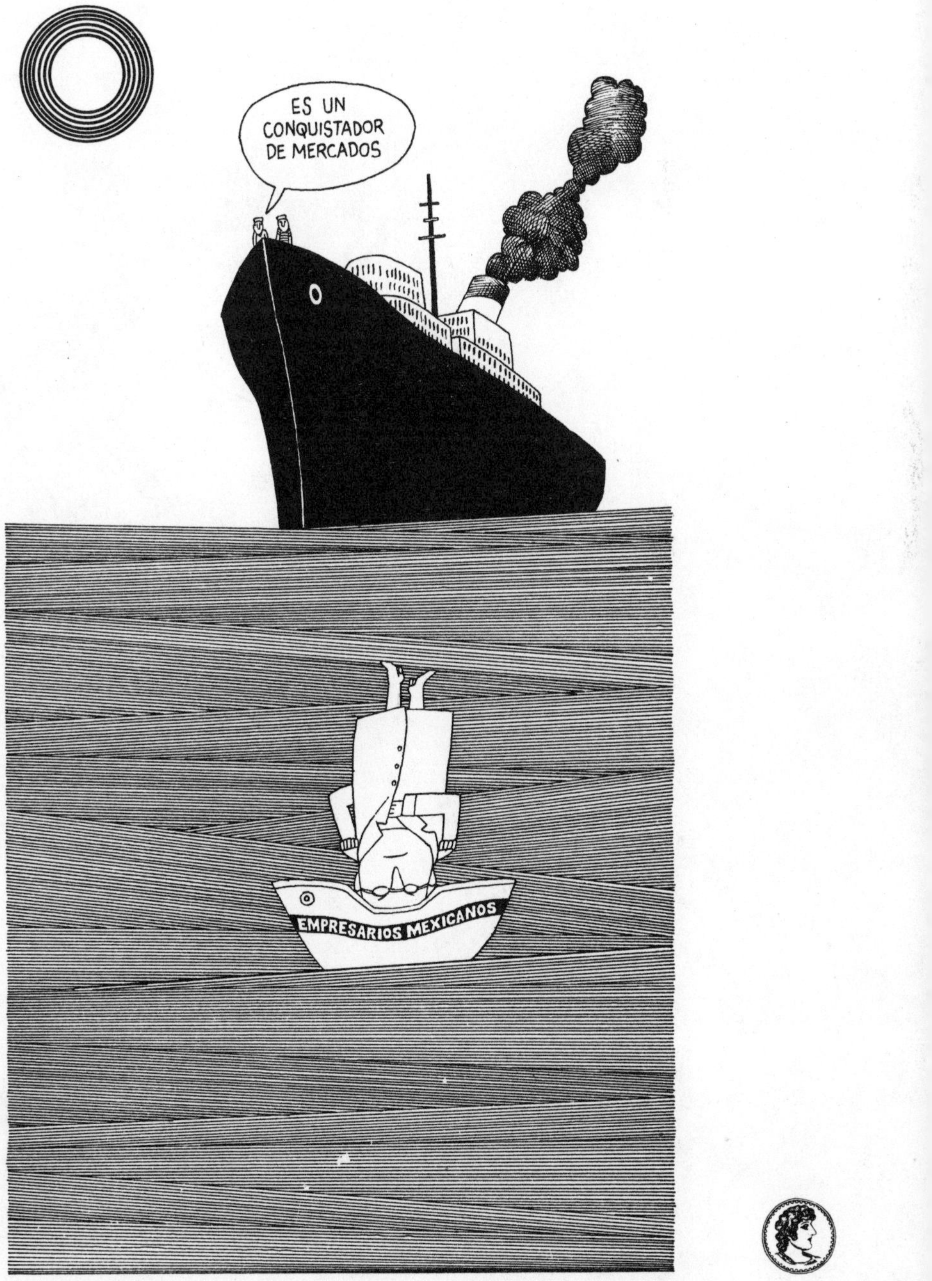
ES UN CONQUISTADOR DE MERCADOS
EMPRESARIOS MEXICANOS

DO RE MI FA SOL LA SI

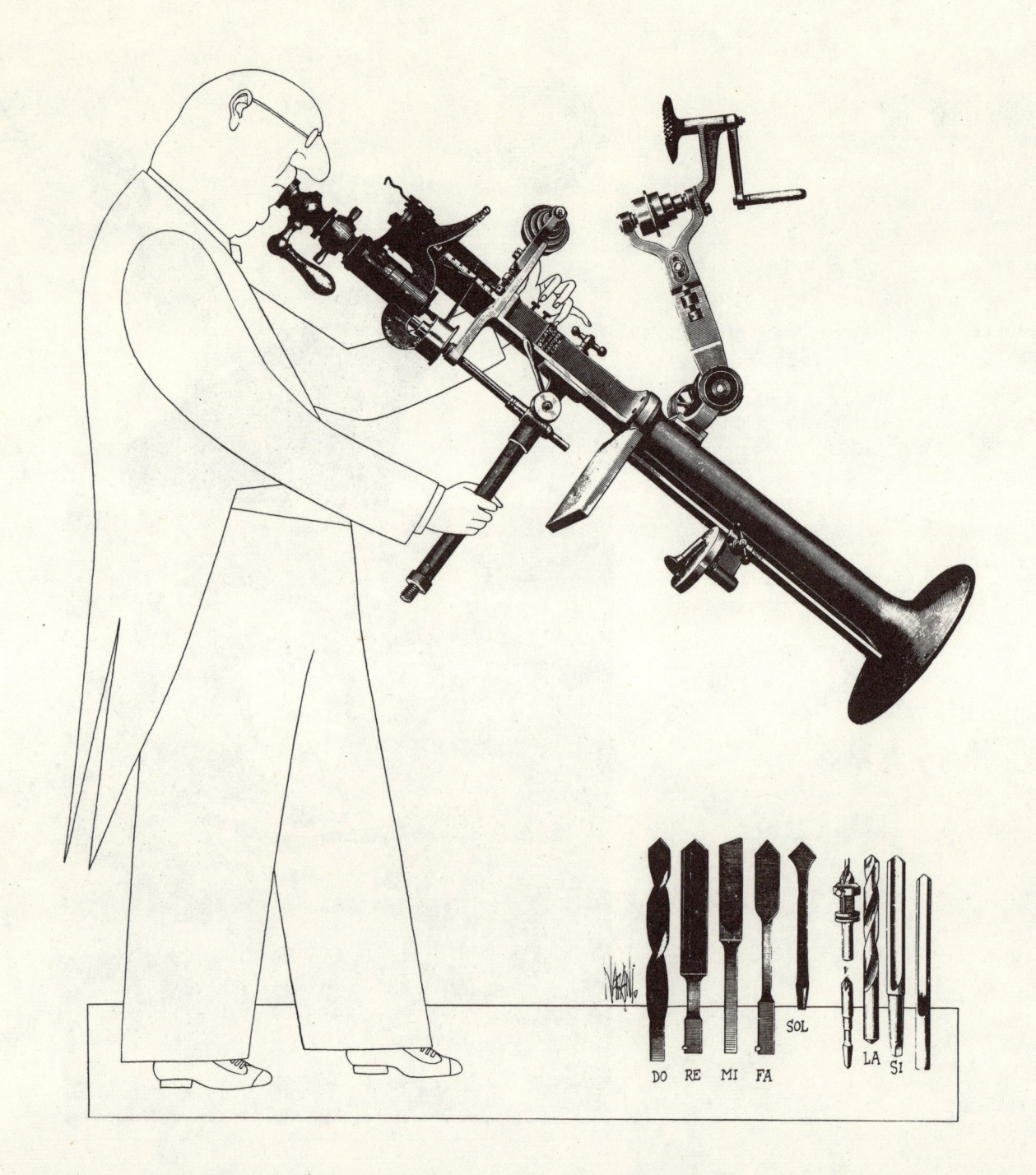

38

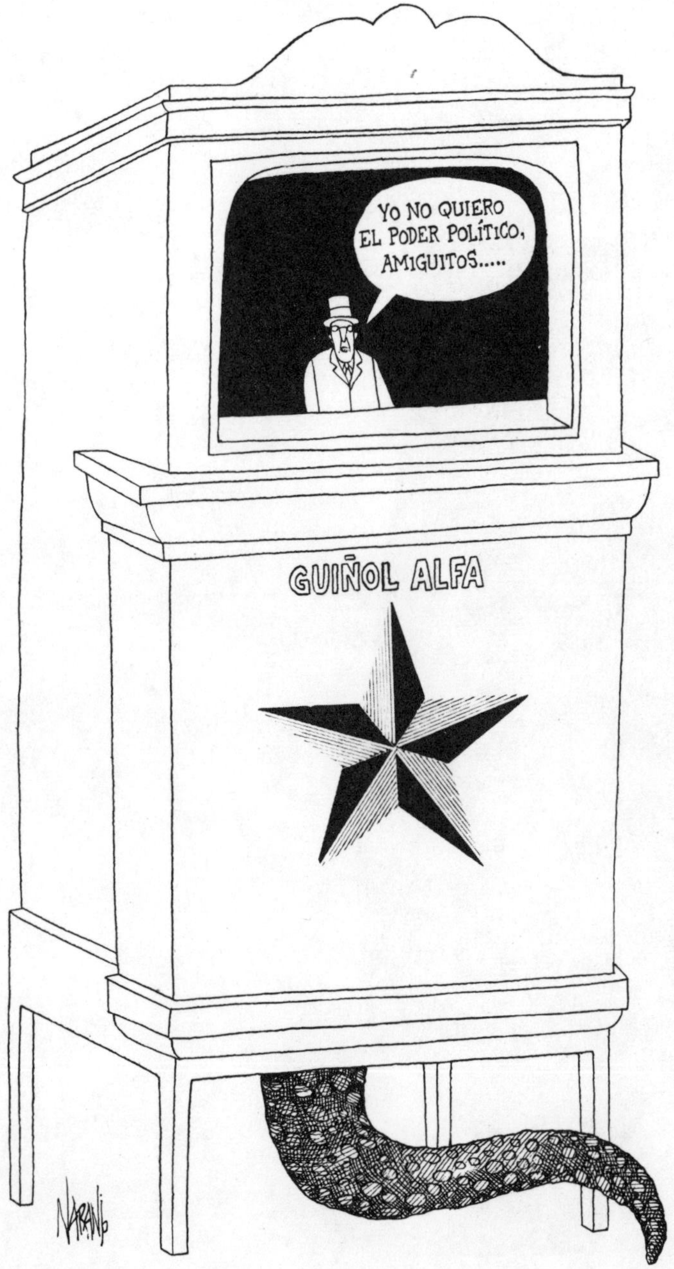
YO NO QUIERO EL PODER POLÍTICO, AMIGUITOS.....
GUIÑOL ALFA

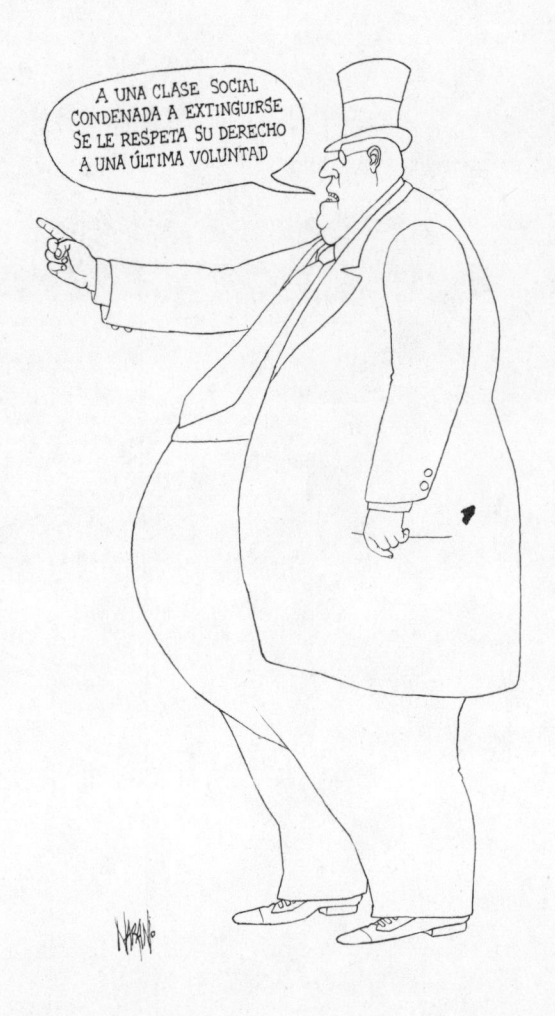

¿UN PARTIDO DE EMRESARIOS? ¡YA TENEMOS UNO!

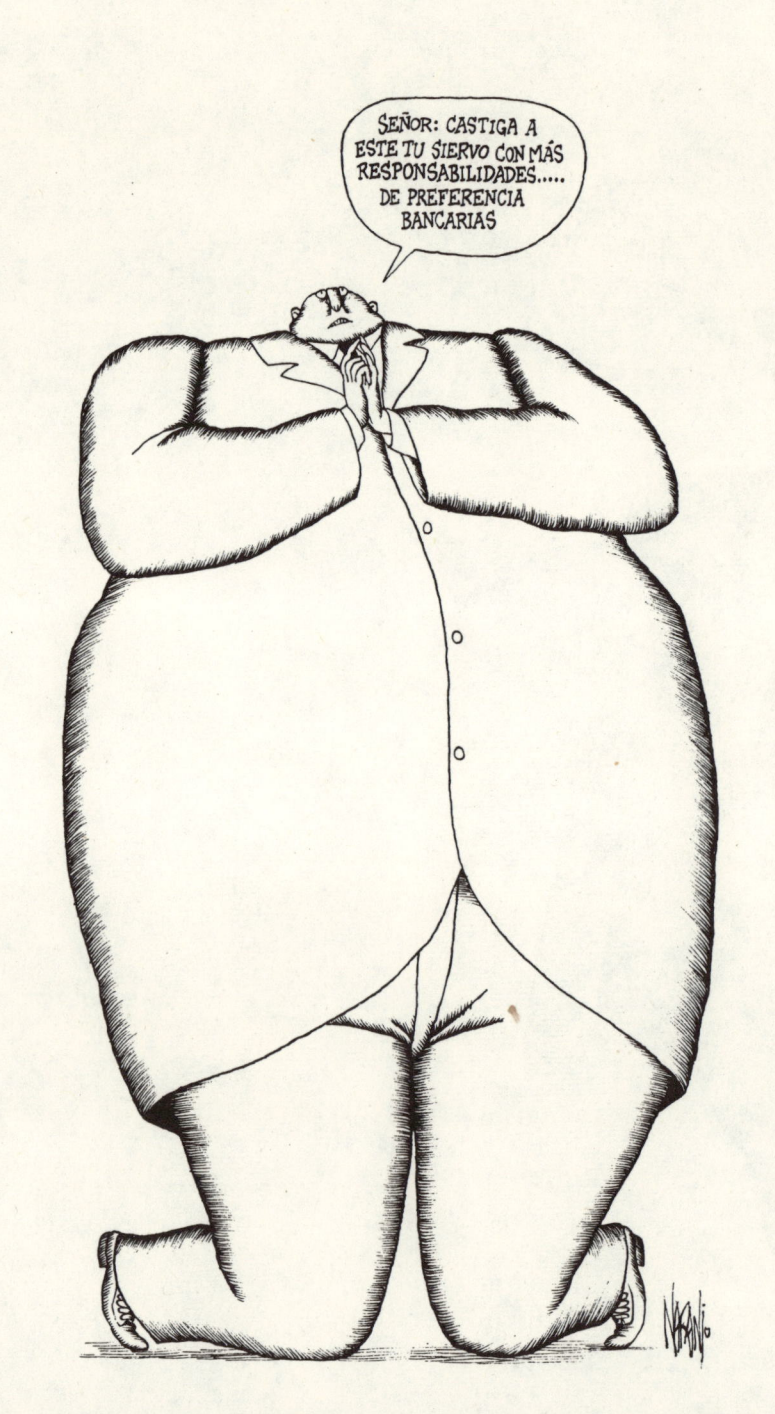

> SEÑOR: CASTIGA A ESTE TU SIERVO CON MÁS RESPONSABILIDADES..... DE PREFERENCIA BANCARIAS

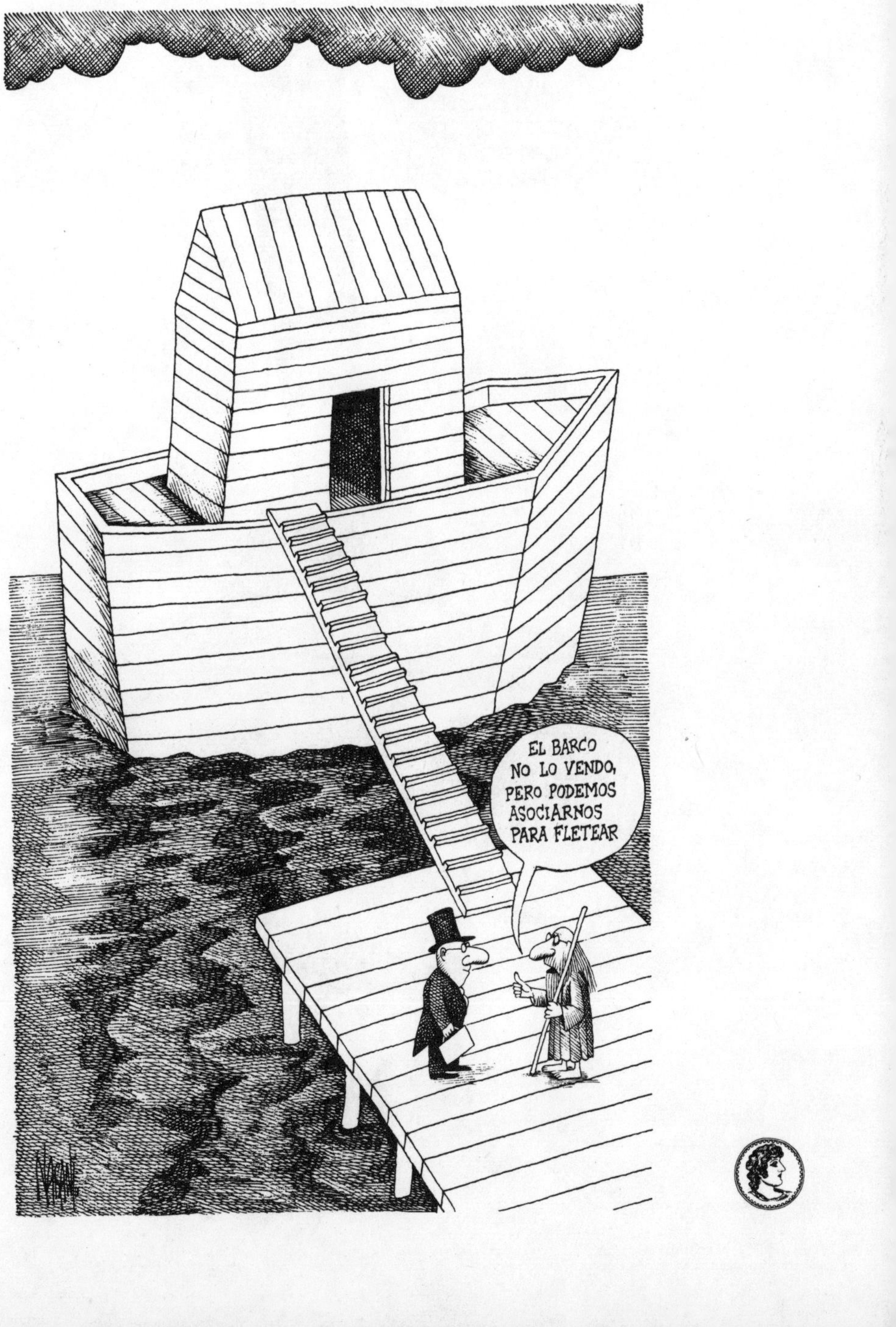
EL BARCO
NO LO VENDO,
PERO PODEMOS
ASOCIARNOS
PARA FLETEAR

"EN MÉXICO SER HOMBRE DE EMPRESA, ES ESTAR DISPUESTO A JUGÁR$ELA"

"QUINCE MINUTOS DIARIOS: COMO EJERCICIO"

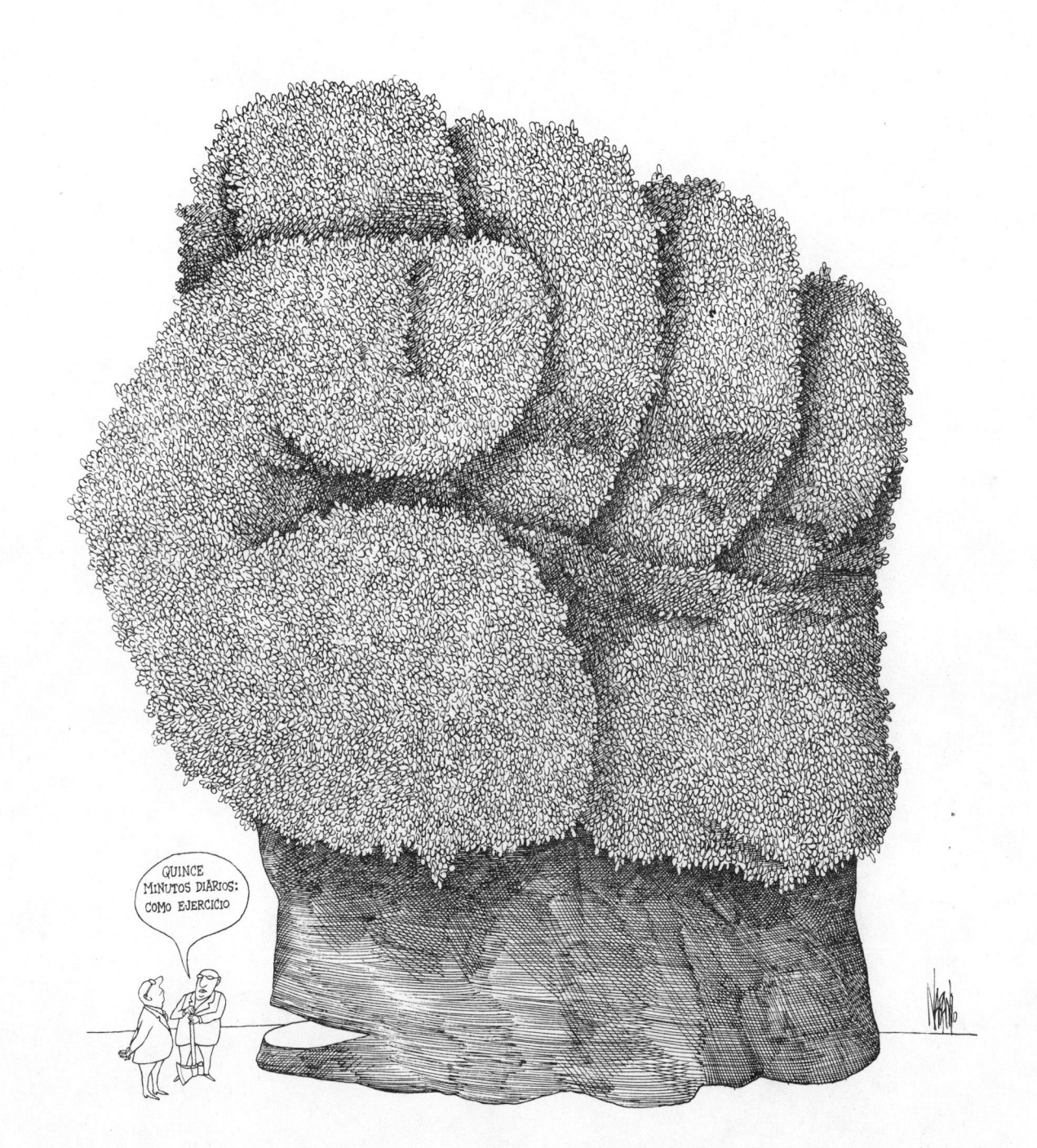

EL GOBIERNO NOS PIDE EMPLEOS... ES RIESGOSO, PERO DEBÍAMOS DARLES UNA OPORTUNIDAD

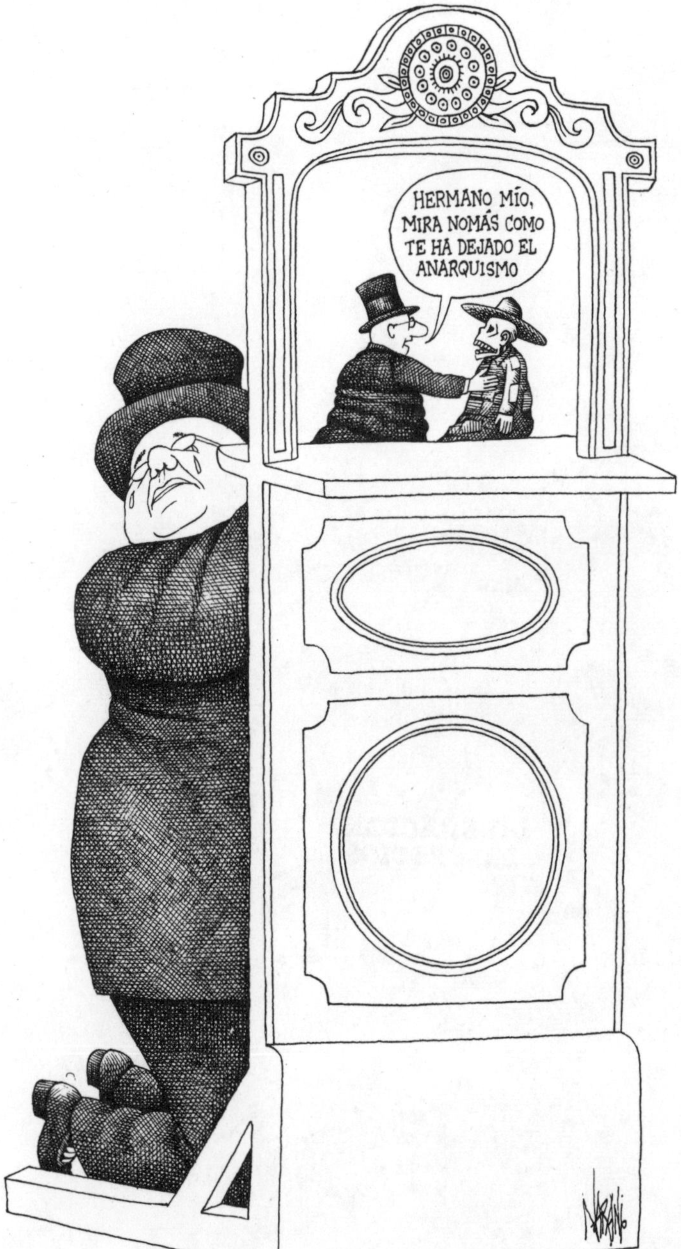
HERMANO MÍO, MIRA NOMÁS COMO TE HA DEJADO EL ANARQUISMO

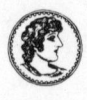

48

EL DERECHO
AL TRABAJO
AJENO
ES LA PAZ

INFORMACION PUBLICA DE
OPERACIONES BANCARIAS

BASTOS

PRECIOS
USTED SE ACOMODA AQUÍ Y NO TIENE QUE ARRANCAR, NI FRENAR, NI NADA... SUBE SOLITO.
SECOM

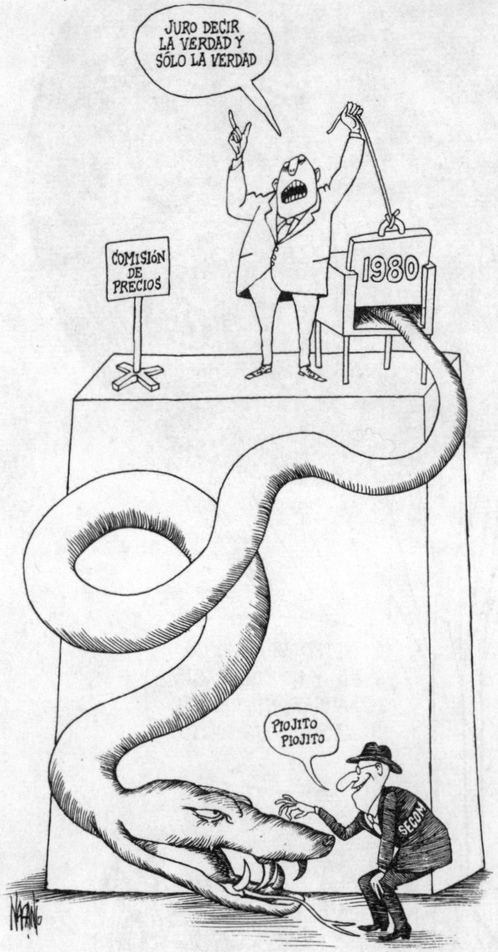
JURO DECIR LA VERDAD Y SÓLO LA VERDAD
COMISIÓN DE PRECIOS
1980
PIOJITO PIOJITO

INFLACION
¿NOS HABREMOS DISPARADO MÁS DE LA CUENTA?

EMPRESARIOS
CONASUPO
CRUZADA
EN DEFENSA
DE LA
ECONOMÍA
POPULAR

CÓMO DISTINGUIR ENTRE UNA CAJA DE VALORES Y UN REFRIGERADOR

"CUANDO ESTÁ TAN NUBLADO NO SE ALCANZAN A VER LAS VACAS"

58

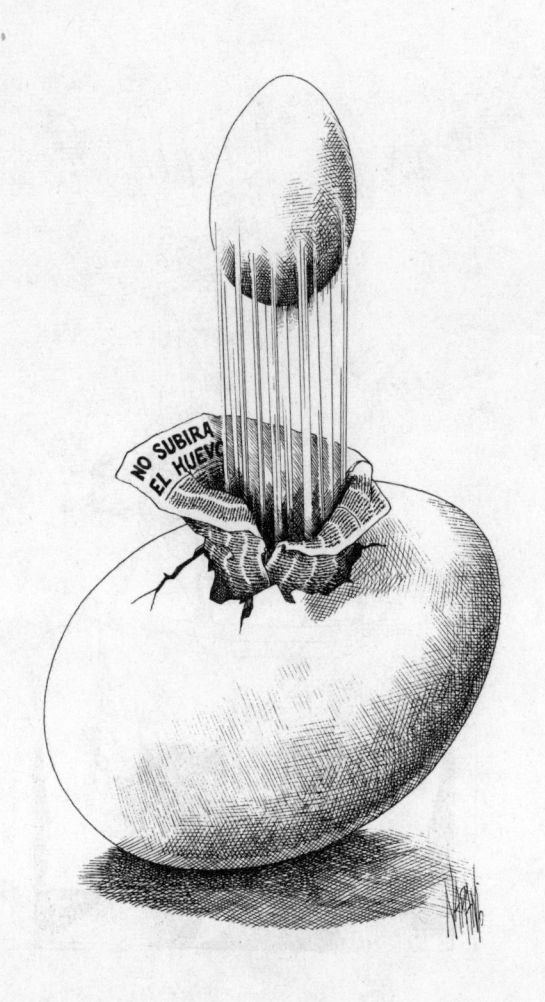

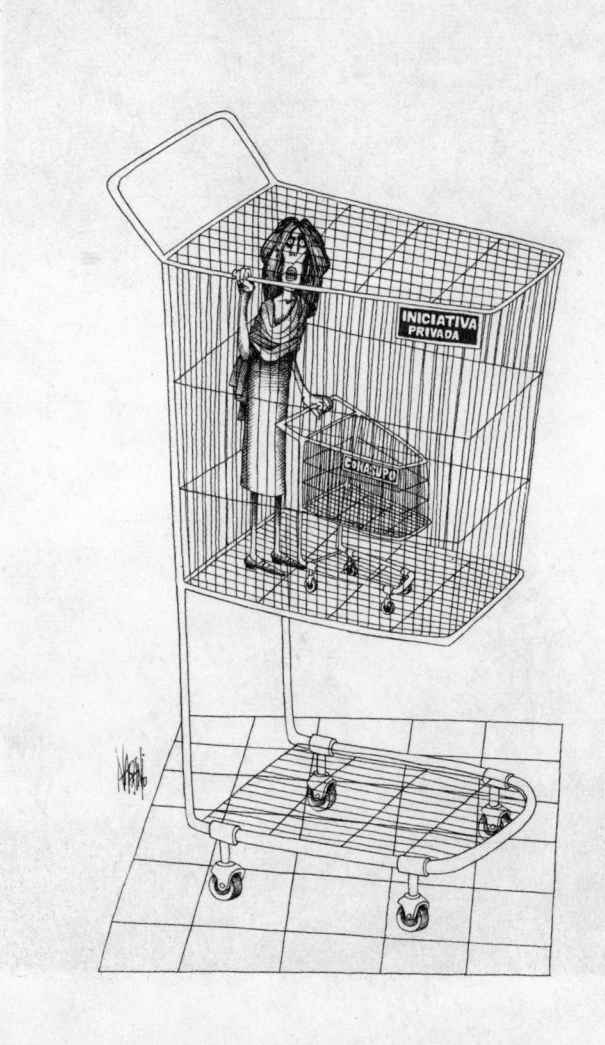

CONCANACO
SI ES NECESARIO SE UTILIZARÁN LOS MECANISMOS LEGALES
SECOM
NARANJO

60

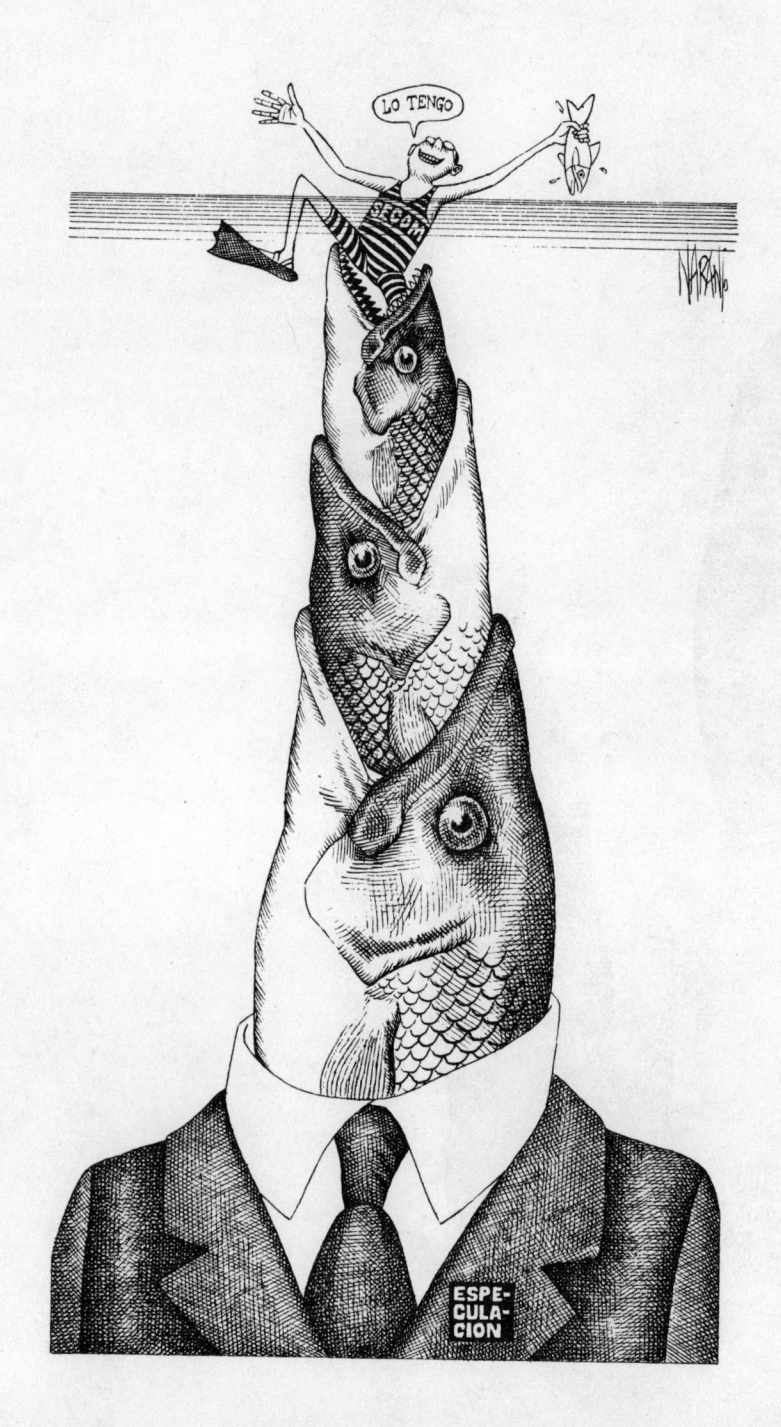

62

EL PUEBLO DICE QUE NOS FALTAN.....
¡MENTIRA, PORQUE YA IMPORTAMOS!

¿ÓNDE LEÍTES QUE IMPORTAMOS GÜEVOS?

EMBAJADA
LOCALICÉ A SU PADRE EN **LA FERIA DEL HOGAR**, PERO DICE QUE USTED SÓLO BUSCA NOTORIEDAD

NOS IRRITA LA INJUSTICIA: JLP

PERMÍTAME INDICARLE EL CAMINO DE LA LEGALIDAD

¡Oh Dios, no permitás que se venga la guerra!

¡....ES QUE LOS PAJARITOS NACIERON PARA SER LIBRES!

PRECIOS

PRIVADO

"SER EMPRESARIO EN LAS SOCIEDADES LIBRES ES UNA RESPONSABILIDAD"

"Que no se" le desea a nadie

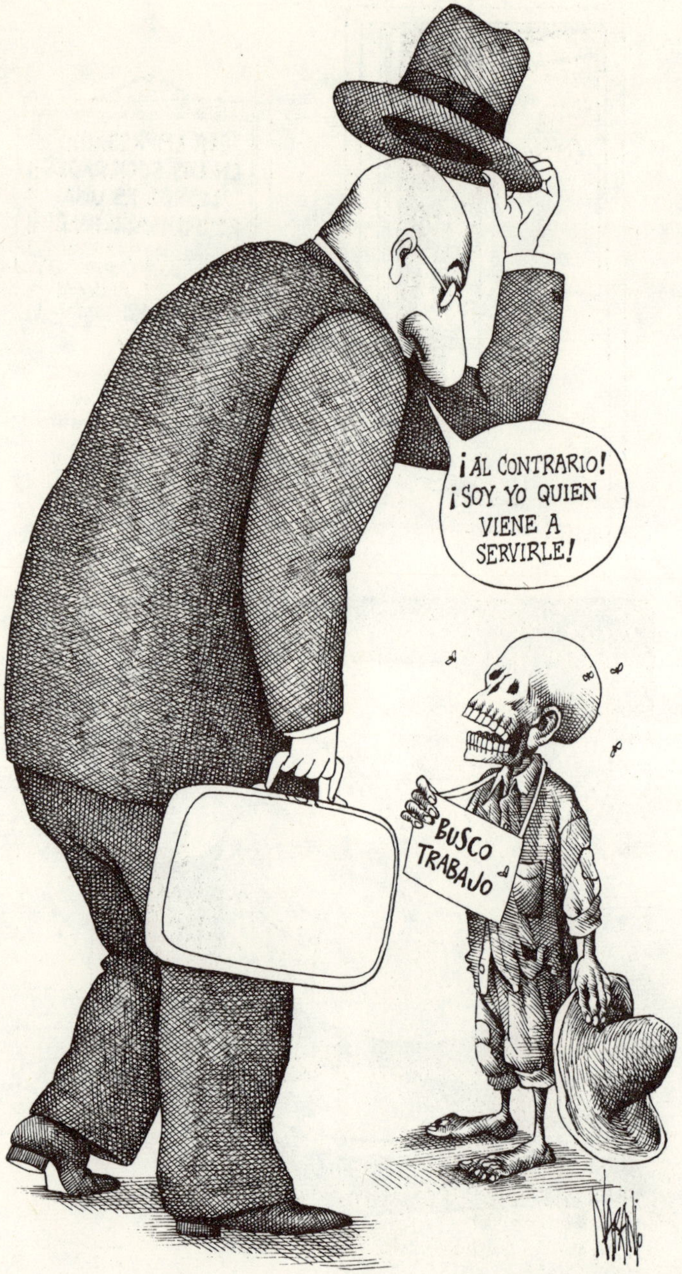
¡AL CONTRARIO! ¡SOY YO QUIEN VIENE A SERVIRLE!
BUSCO TRABAJO

800,000 NUEVOS EMPLEOS ESTE AÑO. FABULOSO ¿NO?

—EL SR. CHAPA SE PROPONE EXPLICAR CIENTÍFICAMENTE EL FENÓMENO INFLACIONARIO

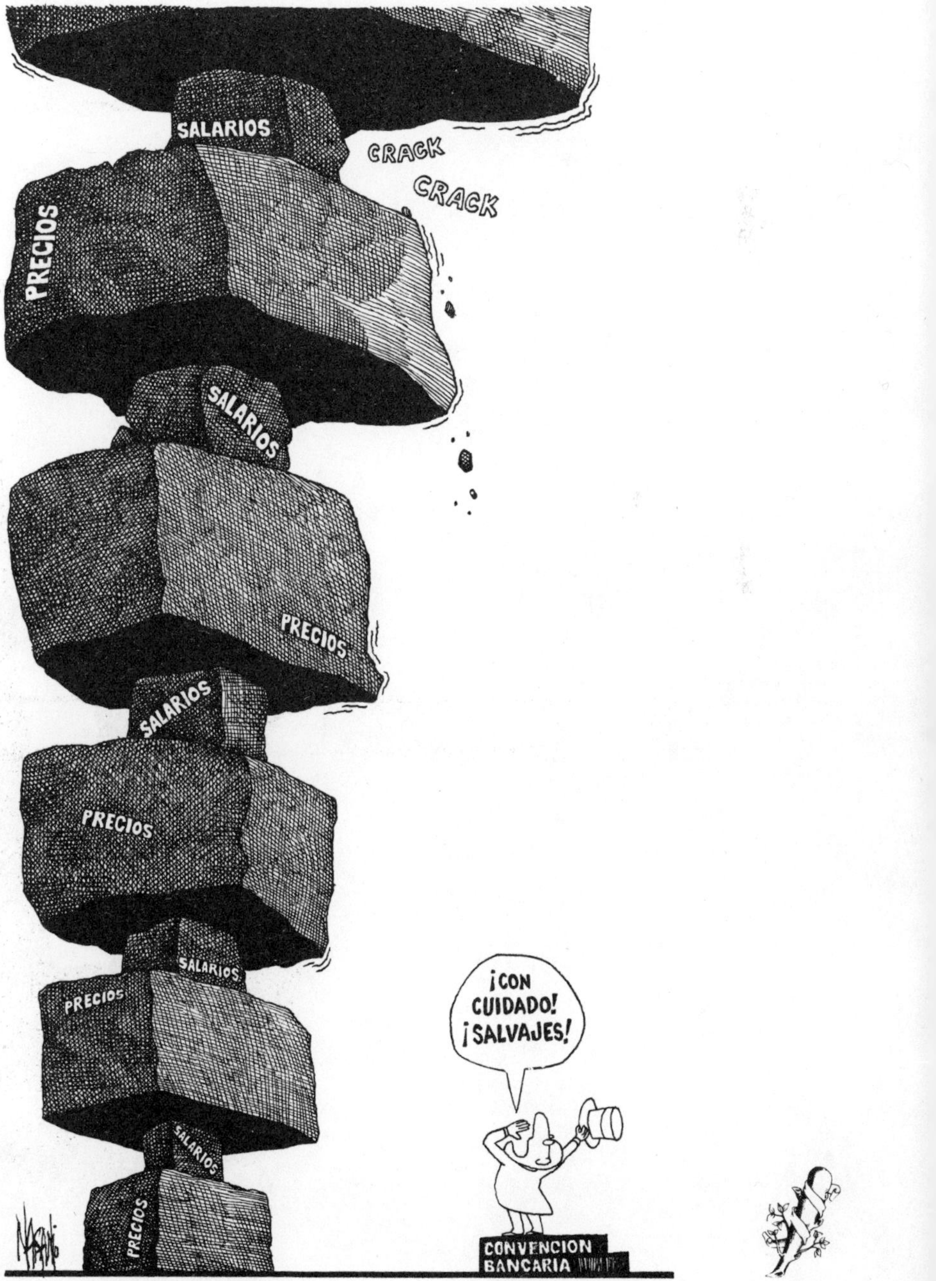
SALARIOS
CRACK
CRACK
PRECIOS
SALARIOS
PRECIOS
SALARIOS
PRECIOS
SALARIOS
PRECIOS
SALARIOS
PRECIOS
¡CON CUIDADO! ¡SALVAJES!
CONVENCION BANCARIA

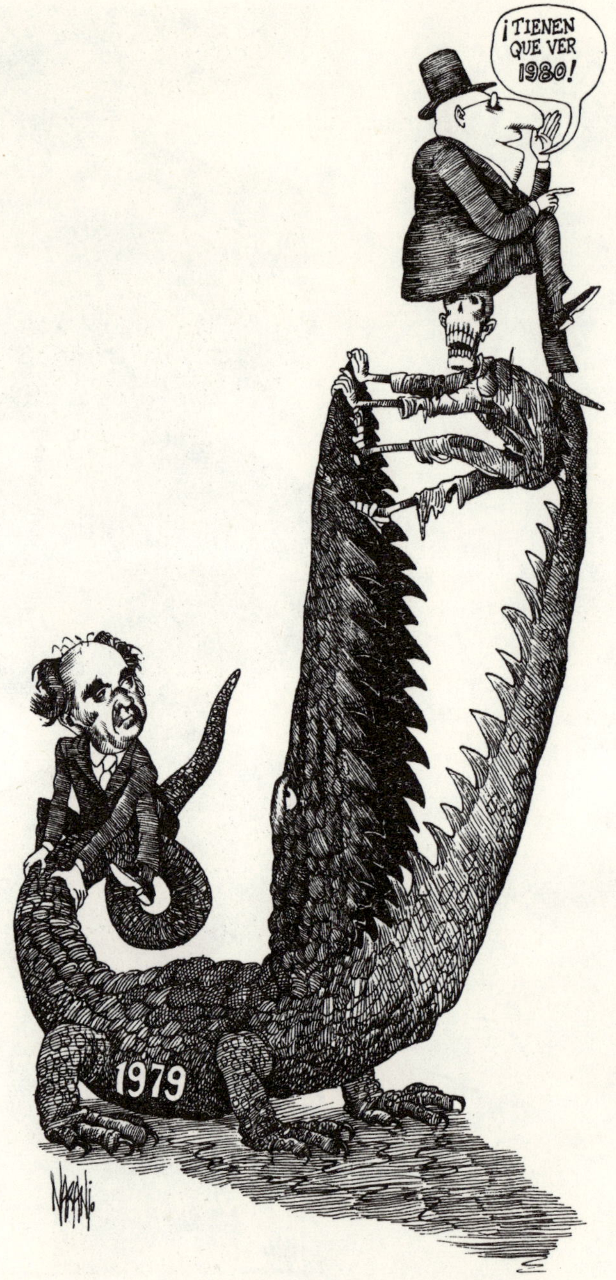
¡TIENEN
QUE VER
1980!
1979

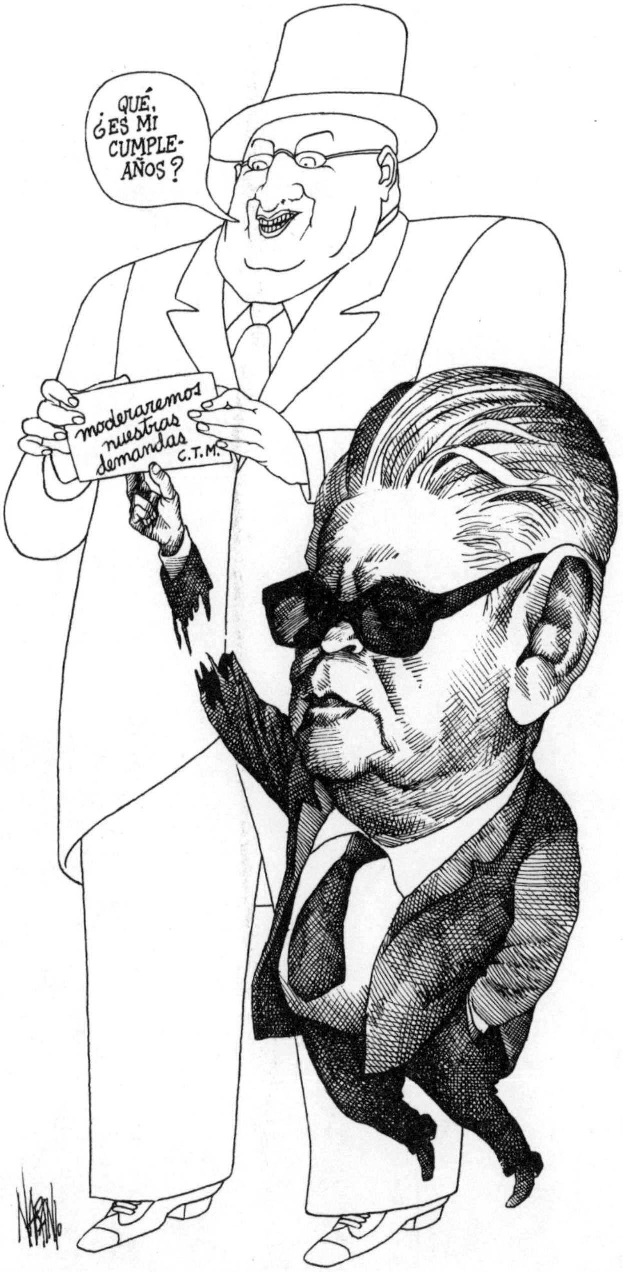
QUÉ, ¿ES MI CUMPLE-AÑOS?
moderaremos nuestras demandas C.T.M.

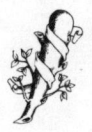

74

VAMOS A VER:
¿ENTIDAD? OAXACA
¿OCUPACIÓN? MAESTRO
MUY BIEN, MUY BIEN
X CENSO
POBLACION Y VIVIENDA

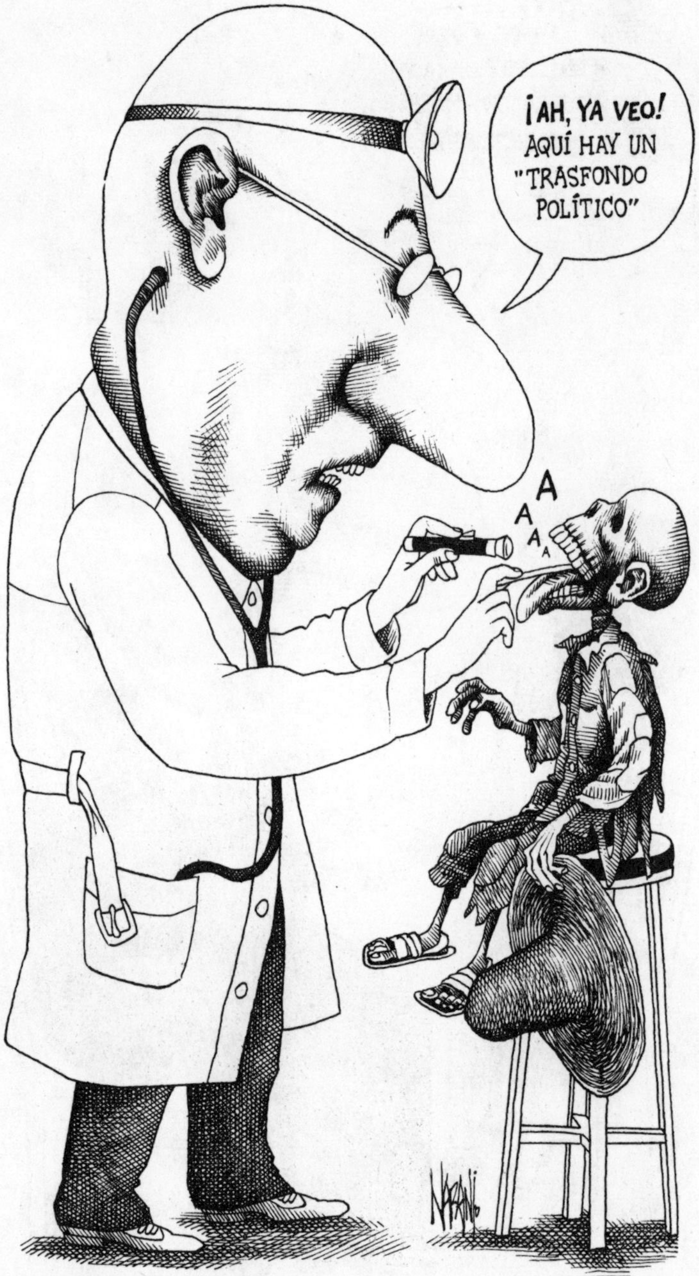
¡AH, YA VEO!
AQUÍ HAY UN
"TRASFONDO
POLÍTICO"
A A A A

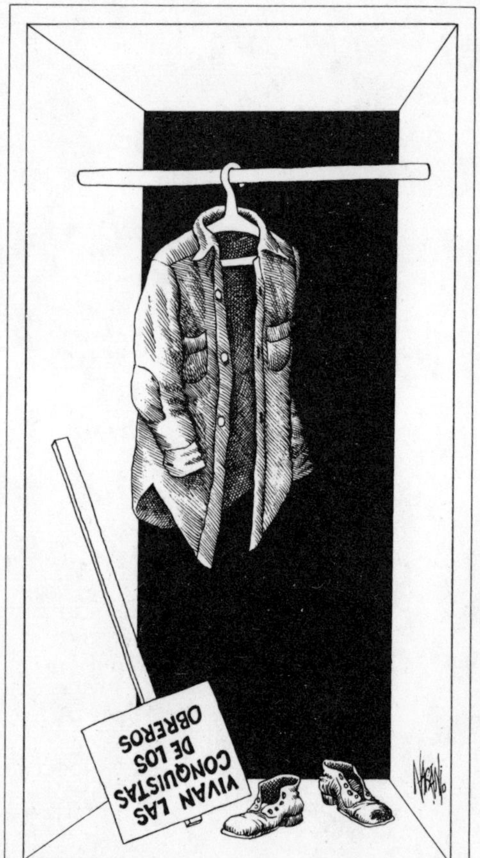
VIVAN LAS
CONQUISTAS
DE LOS
OBREROS

¡AMBICIOSO!
TU AFÁN DE PODER
NO CONOCE LÍMITES,
PERO NO LOGRARÁS
DESESTABILIZAR
EL SISTEMA

78

REQUISA
¡JAQUE MATE!
CONSTI-
TUCION

EL TRABAJO ES
EL GENERADOR DE
MAYOR REQUISA
SR. PRES
1º de Mayo de 1980

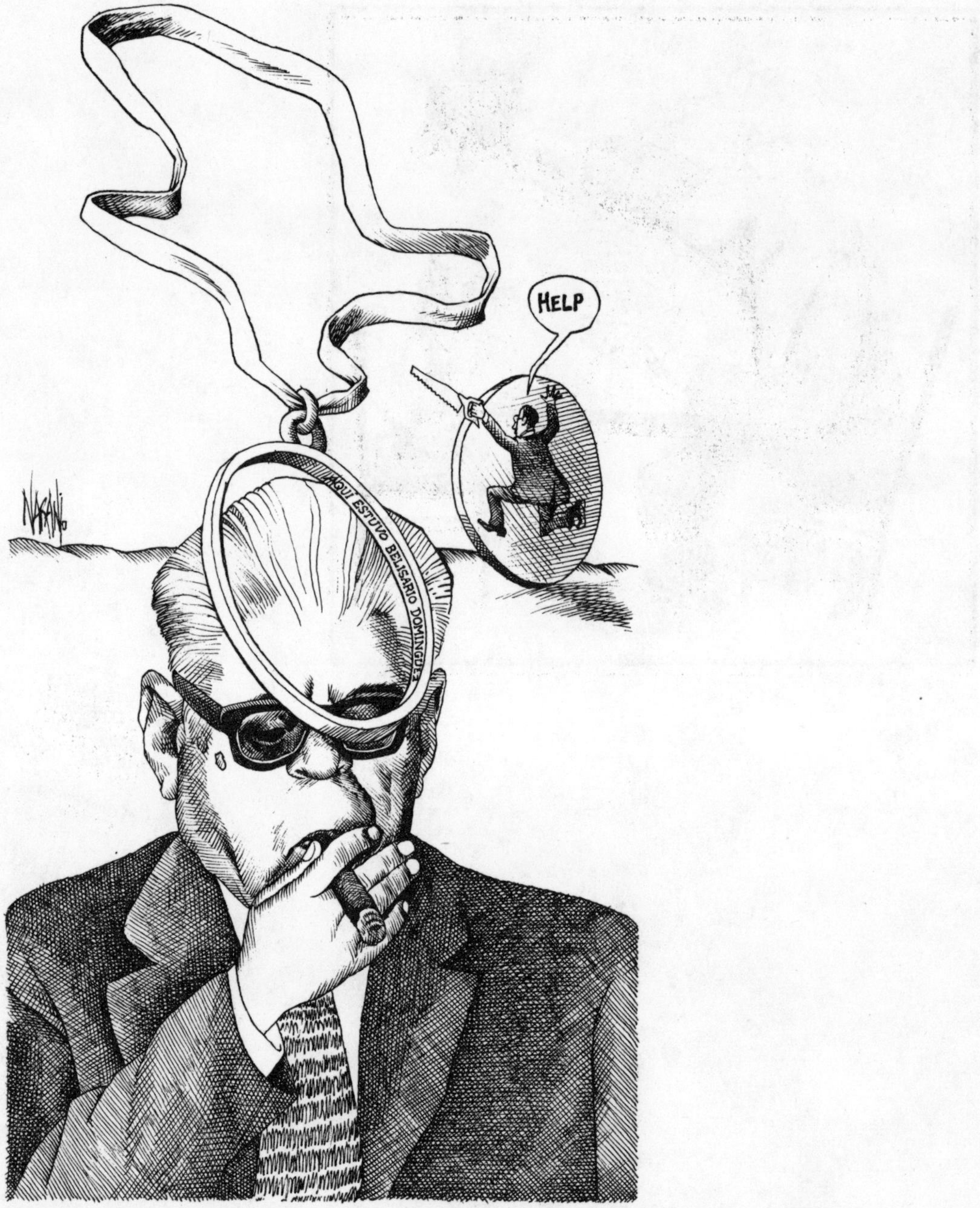
HELP
AQUÍ ESTUVO BELISARIO DOMINGUEZ

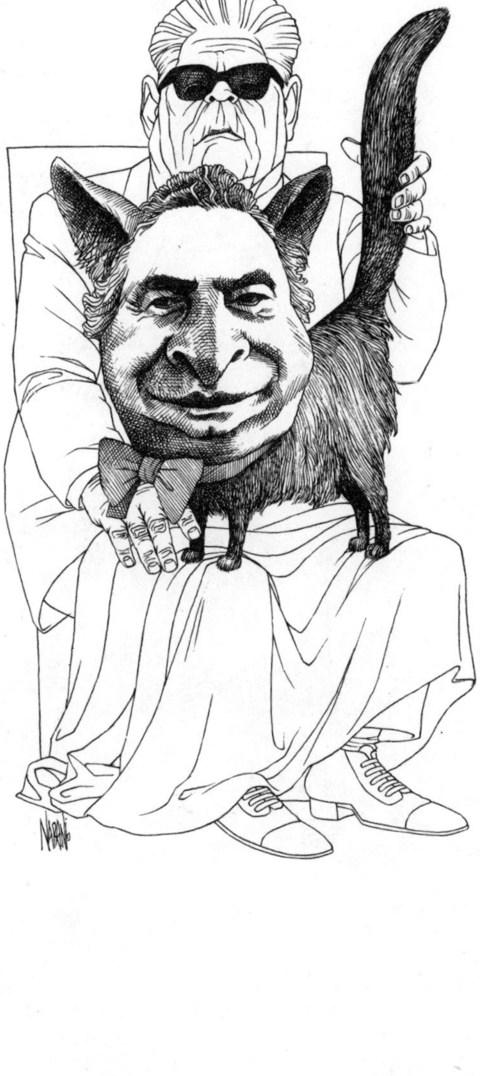

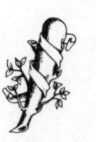

HASTA
SE ME PONE
EL CUERO DE
GALLINA
HAMBRE

AGUÁNTAMELOS
TANTITITO,
PEQUEÑO
SALTAMONTES
INFLACION
DOLARIZACION

DE LOS MALIGNOS **CUATROS**, LÍBRANOS SEÑOR

84

¿YA VAS NOTANDO LA DIFERENCIA?

86

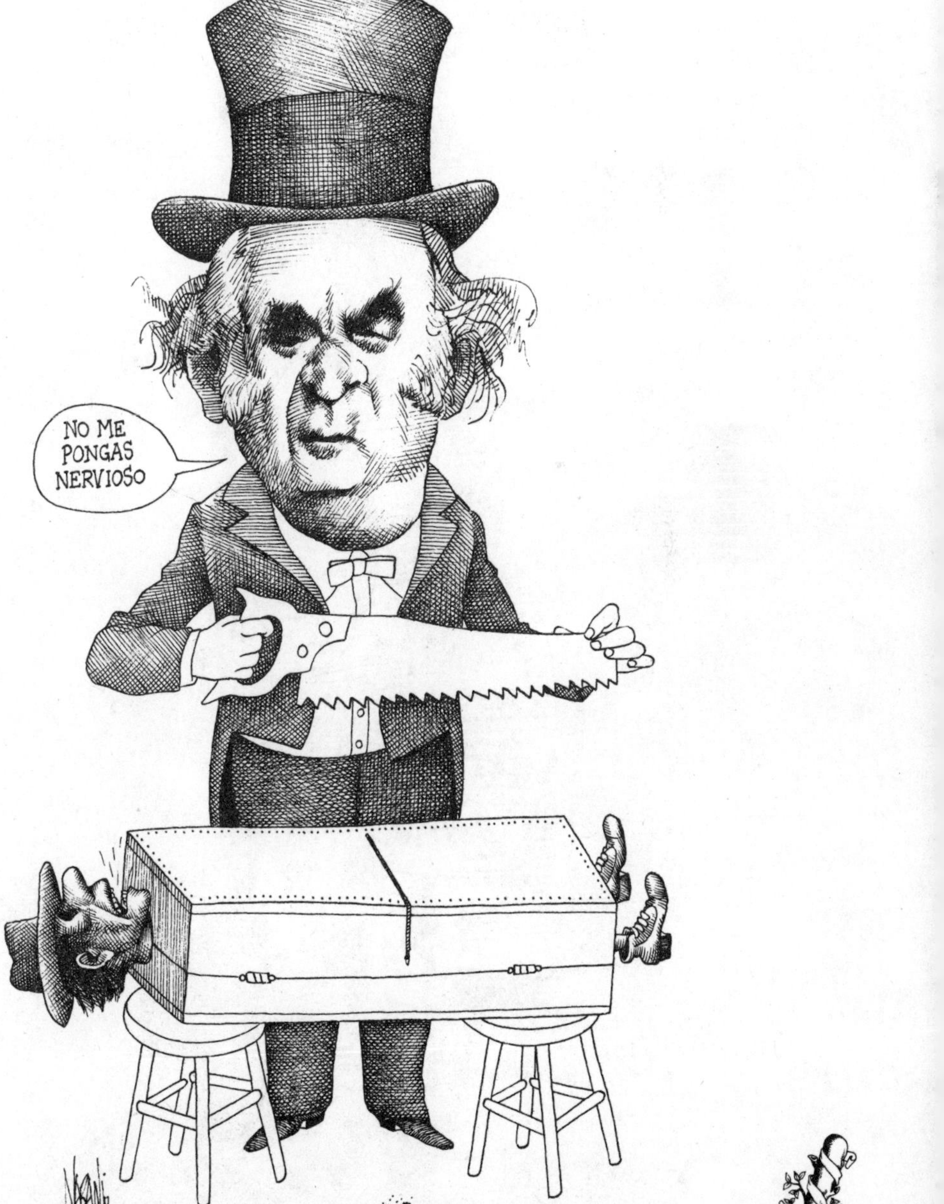
NO ME PONGAS NERVIOSO

¡TIERRA!

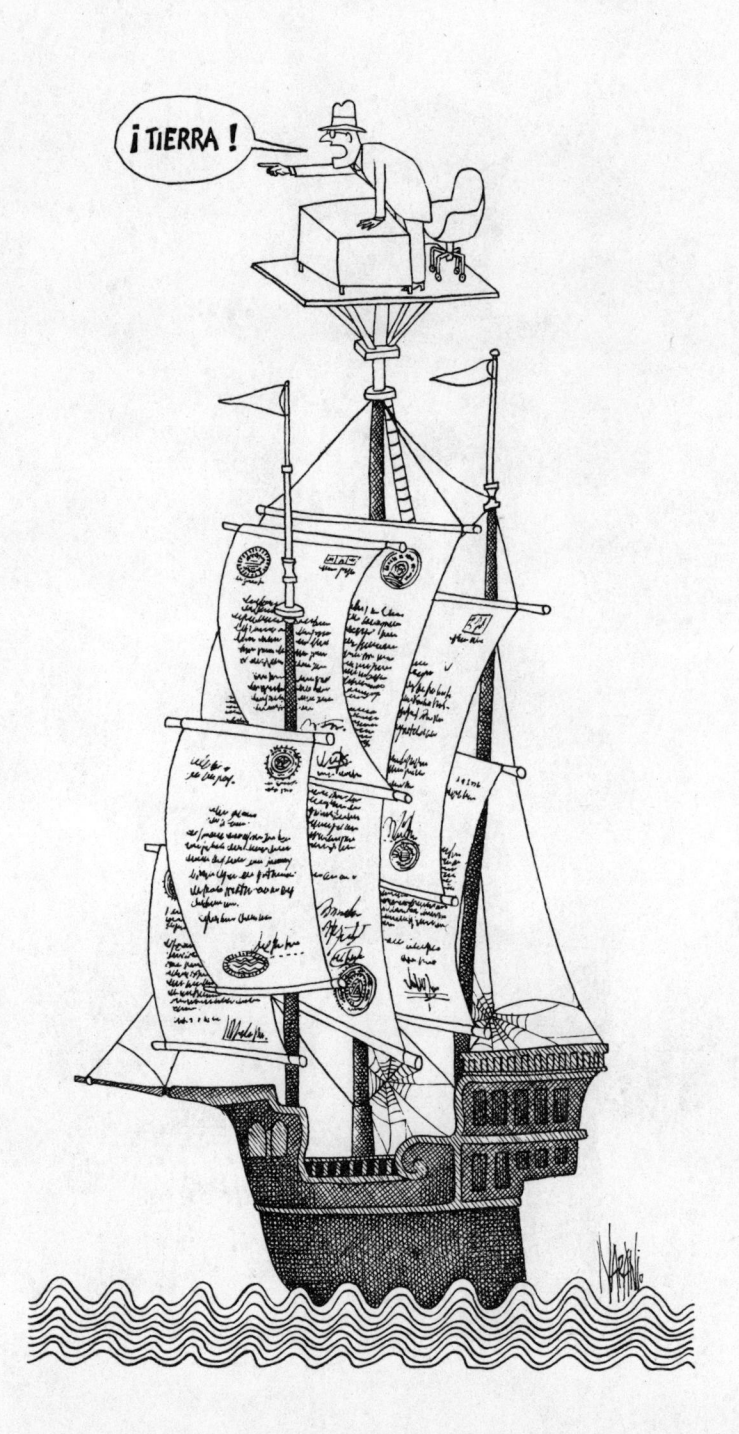

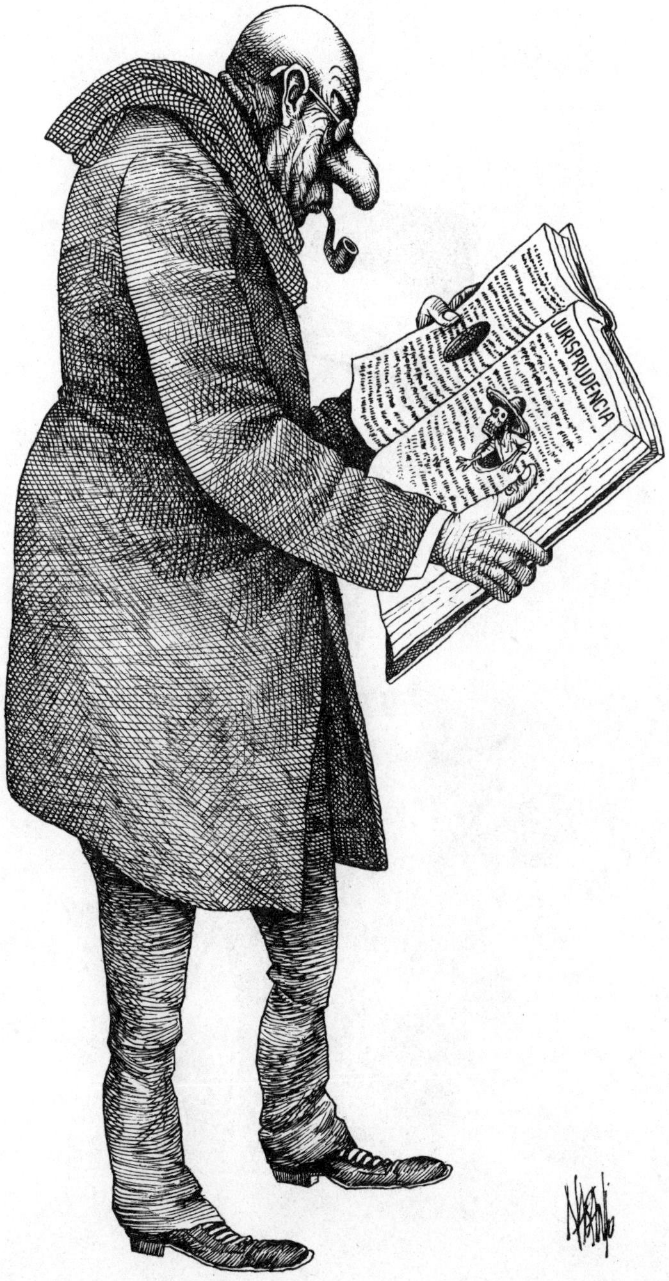
JURISPRUDENCIA

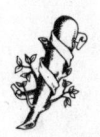

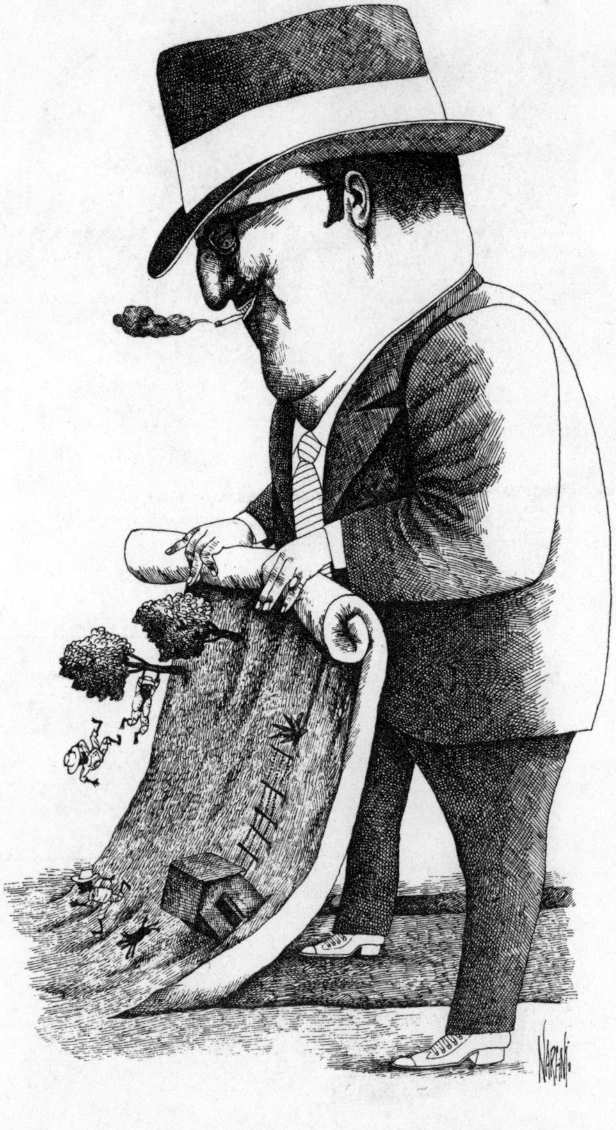

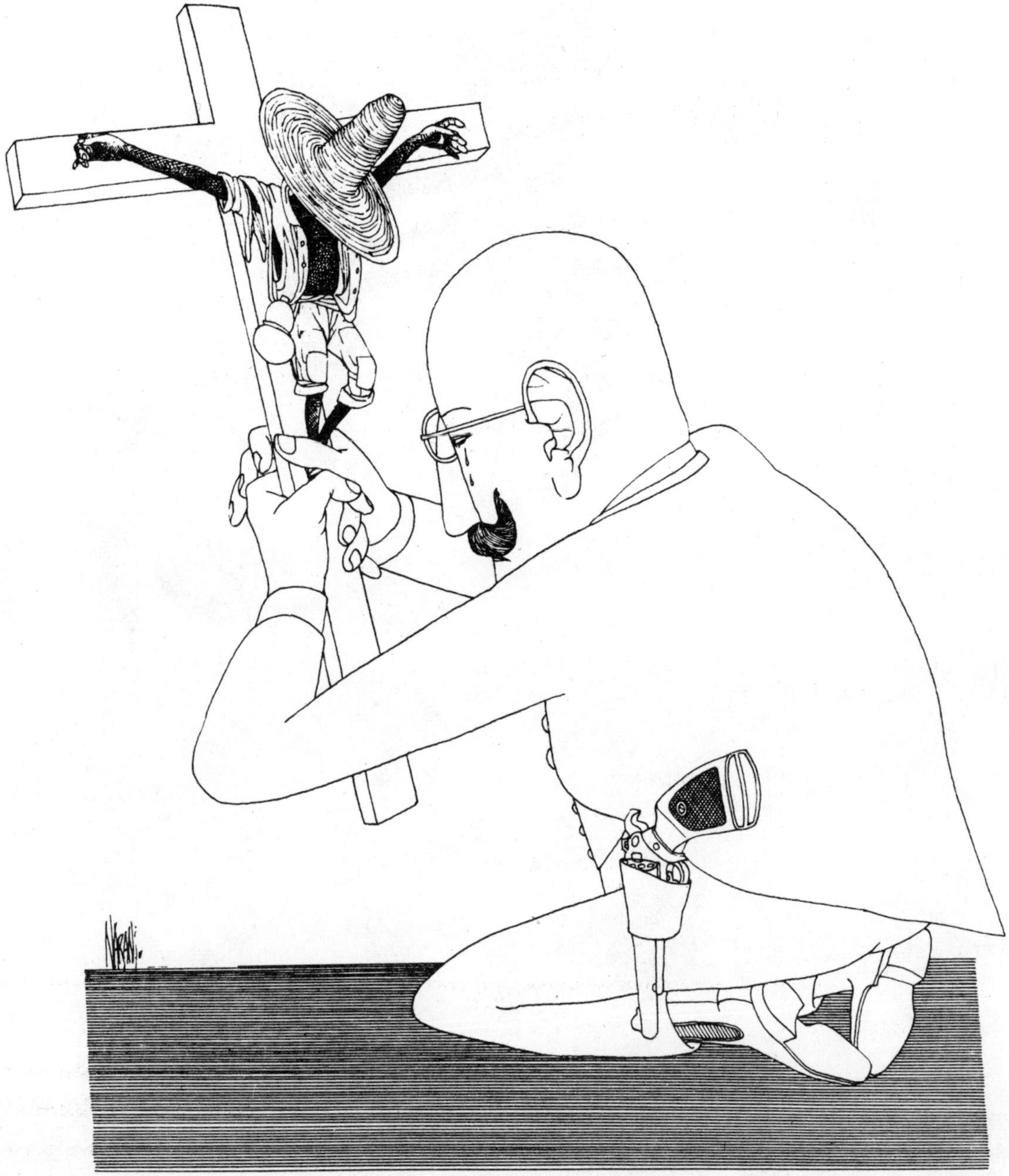

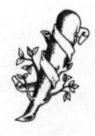

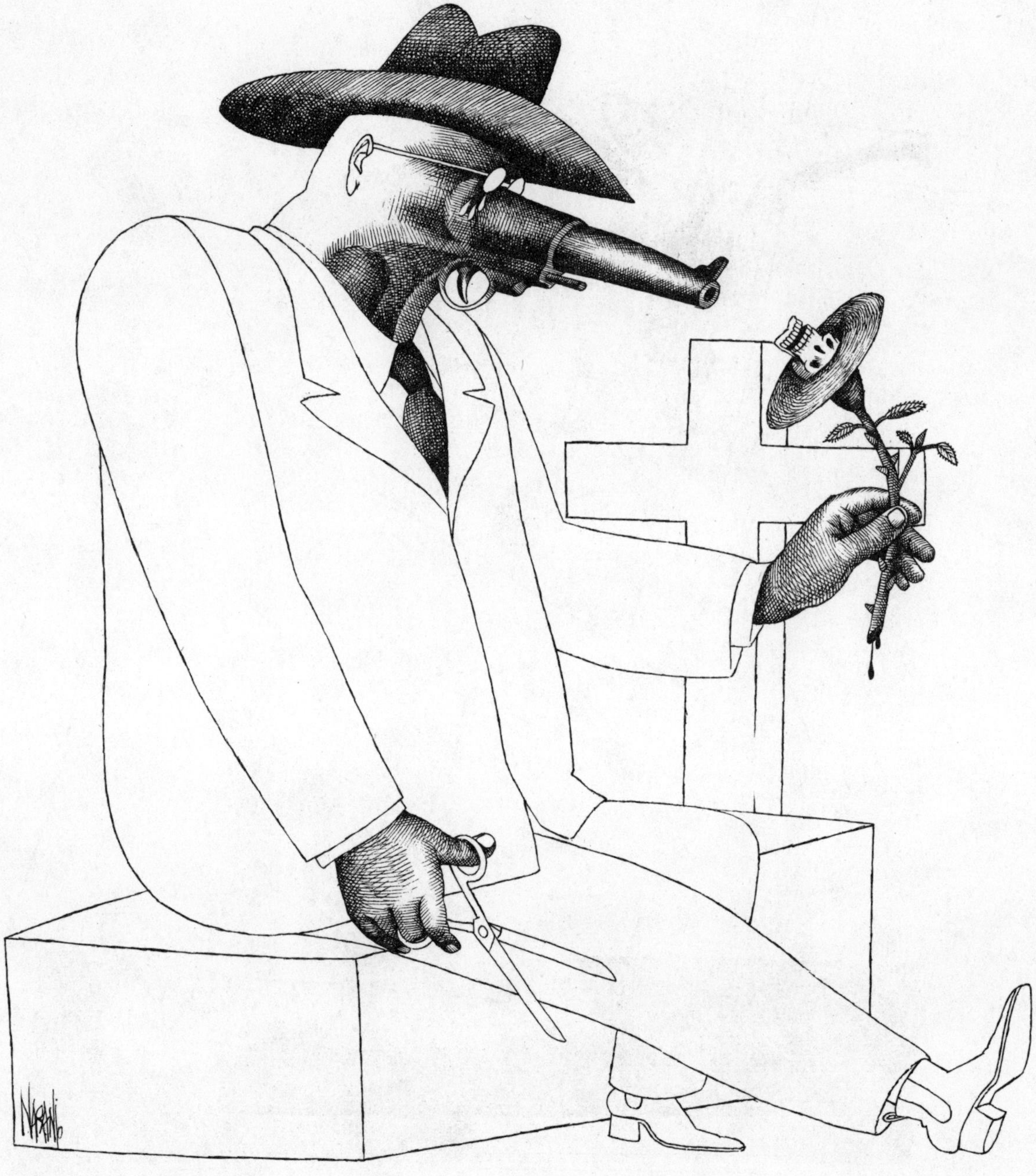

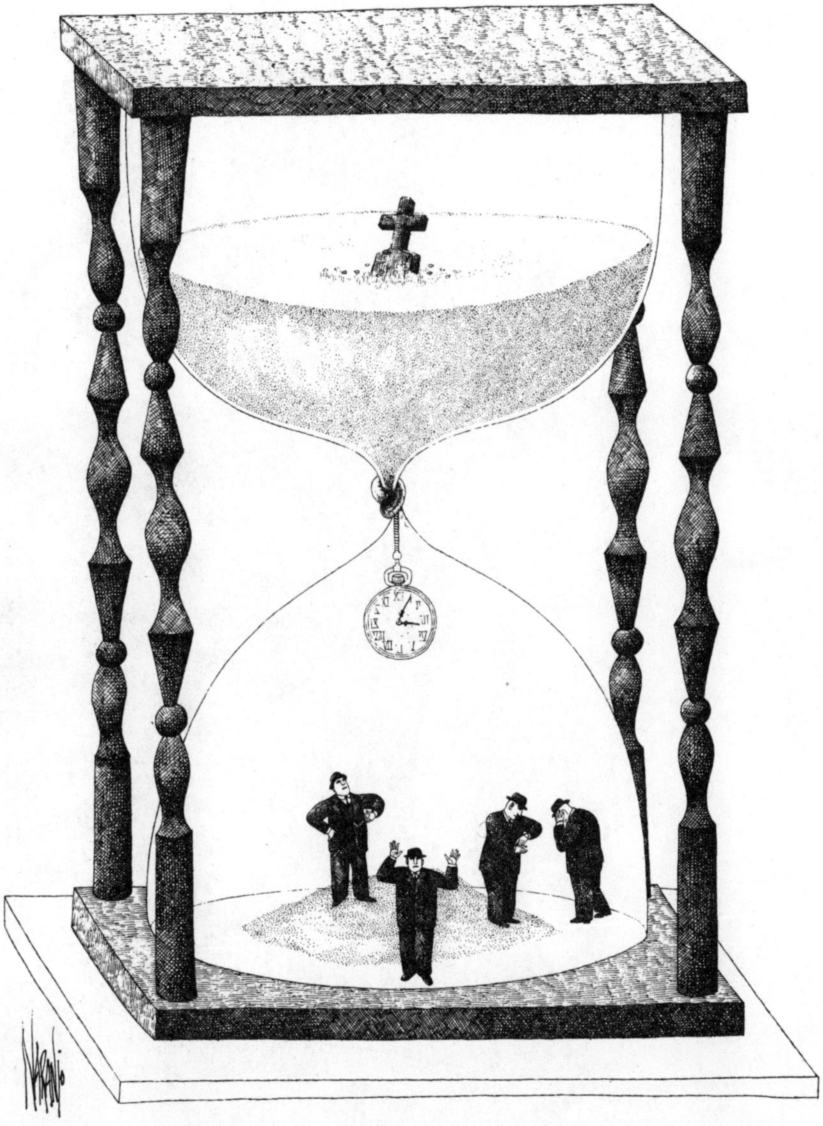

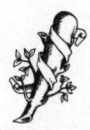

W.C.
CIUDAD RENACIMIENTO
Se proive Aser sus nesesida-des
Proivido ensusiarse Aqui
Camine, no Contamine
NARANJO

¡ÁNIMO! CONSEGUIMOS 123,875 MILLONES PARA PRODUCCIÓN AGRÍCOLA

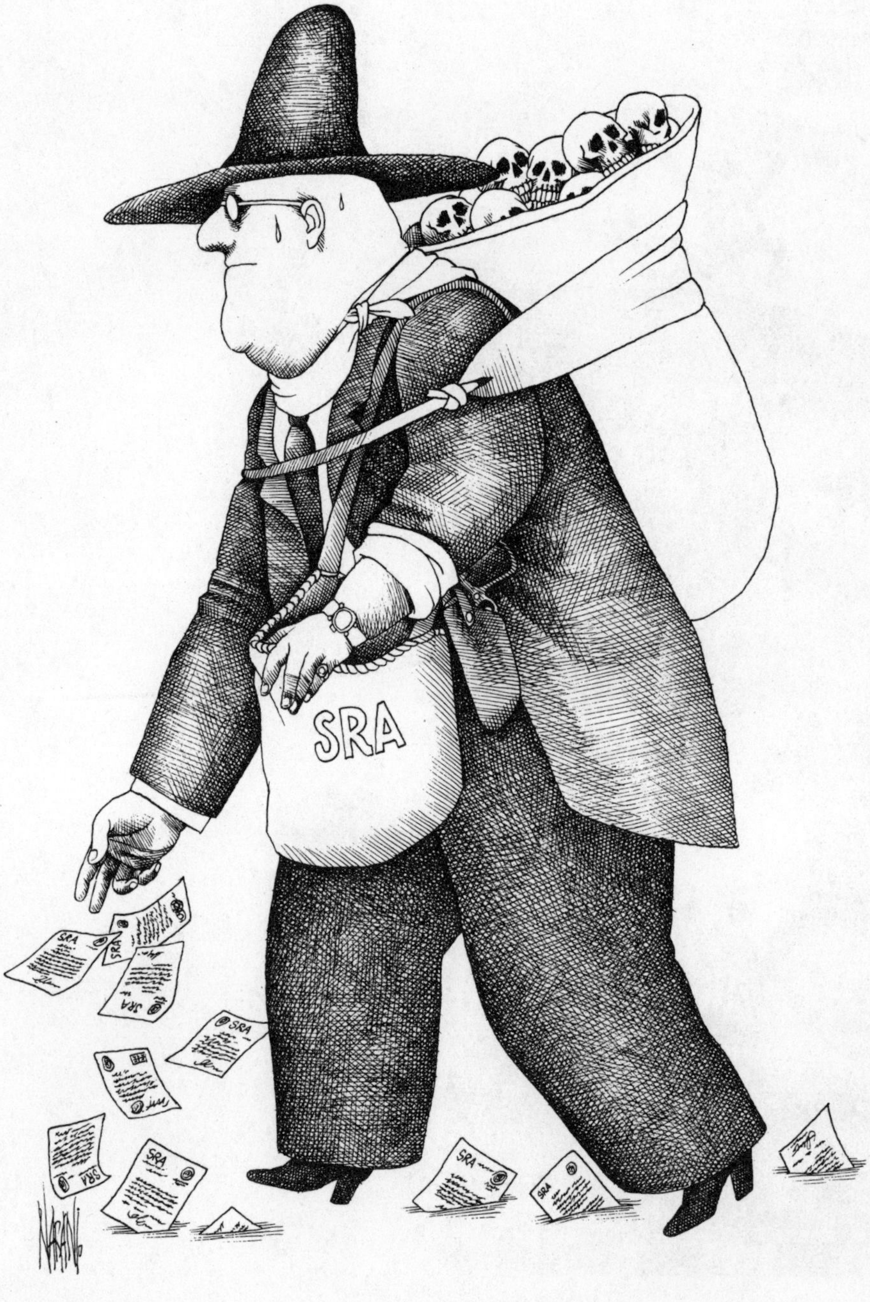
SRA

YO NO ENTIENDO DE POLÍTICA PERO ME GUSTA COMO VA LA REFORMA AGRARIA

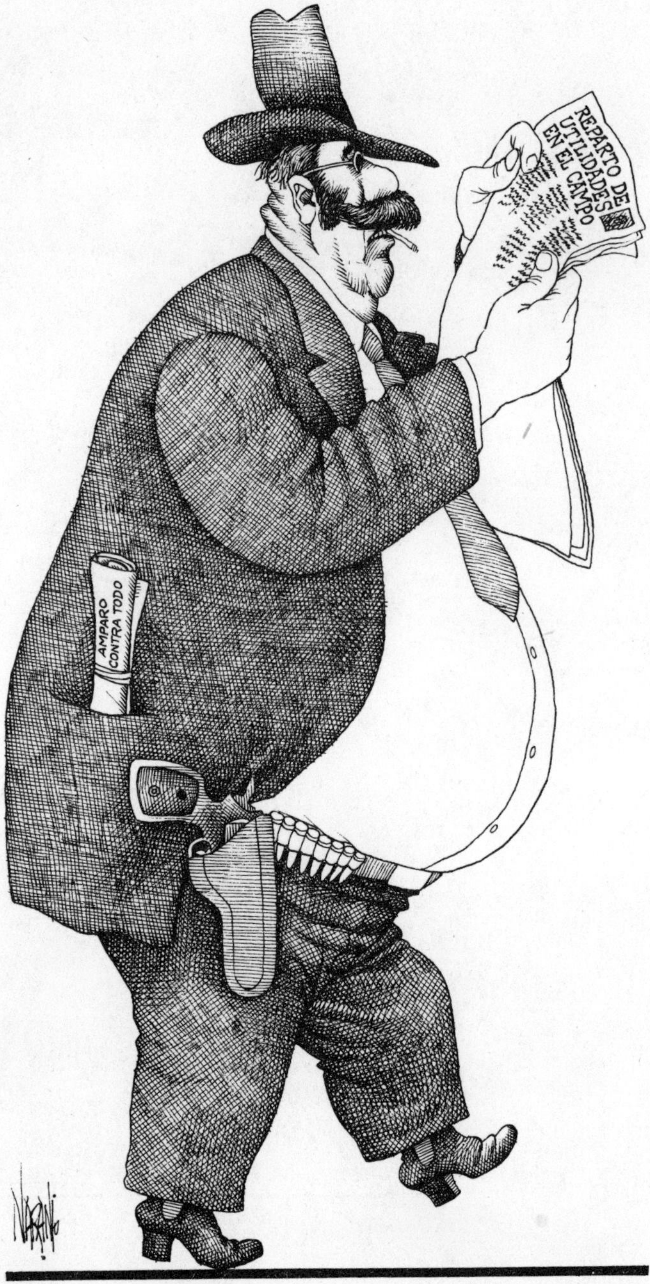
REPARTO DE
UTILIDADES
EN EL CAMPO
AMPARO
CONTRA TODO

¡AGÁCHE-SE MÁS!

CACIQUISMO

> SR. GOBERNADOR, DEBE UD. ADMITIR QUE HA HABIDO DEFICIENCIAS EN LA CONDUCCIÓN DE LA BARCA

QUE ORA SÍ VAMOS A TENER PAZ EN EL CAMPO

CAMPESINO 1
CAMPESINO 2

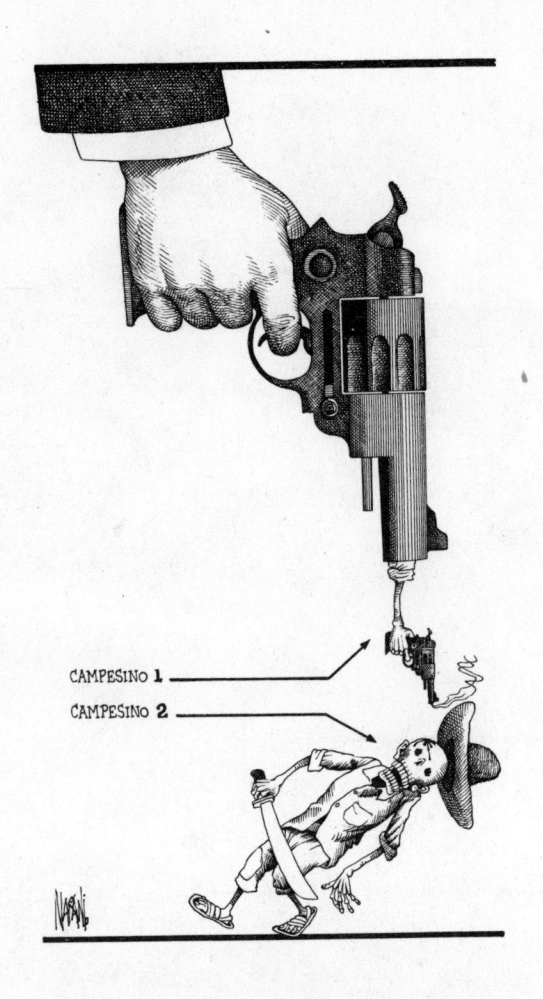

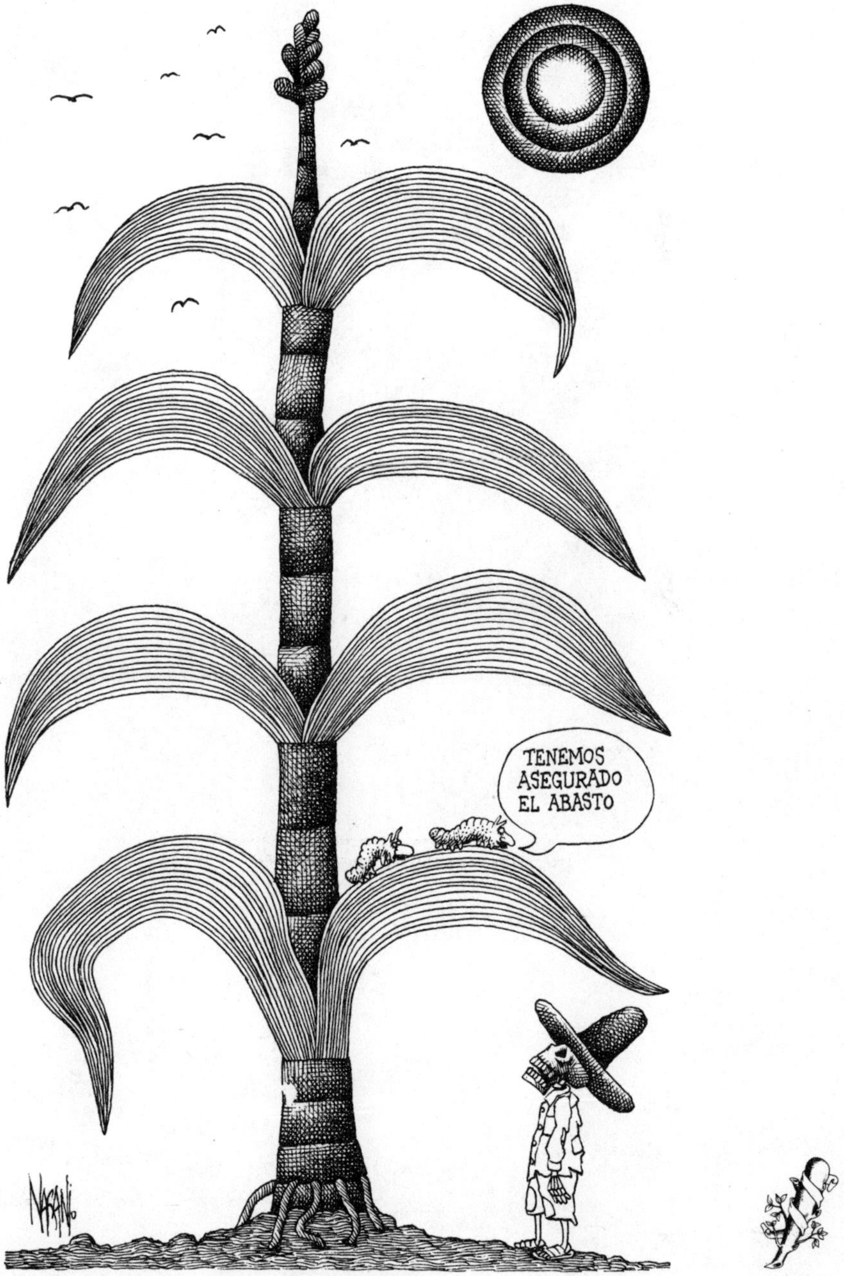
TENEMOS ASEGURADO EL ABASTO

"VAMOS A PINTAR OTRO JUNTO AL GRANERO"

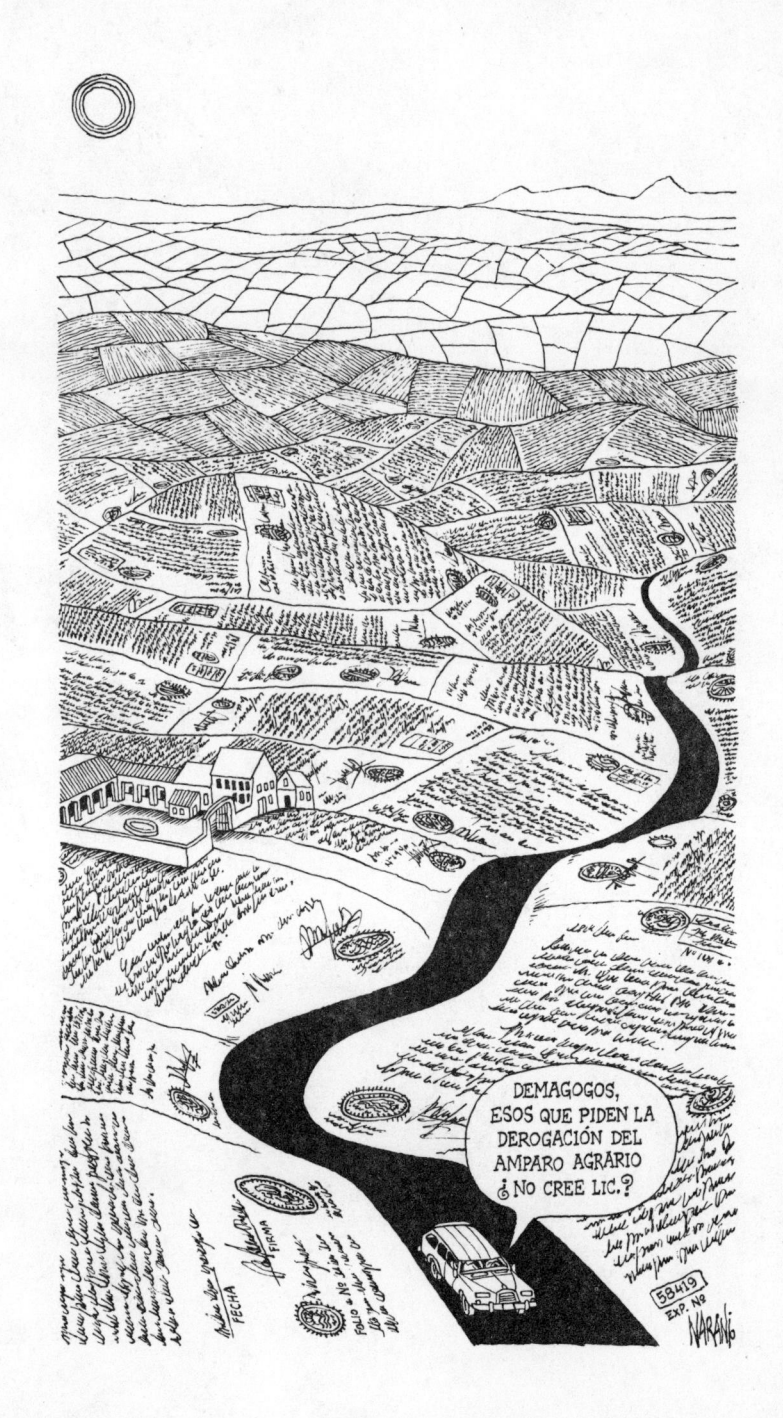

"DEMAGOGOS, ESOS QUE PIDEN LA DEROGACIÓN DEL AMPARO AGRARIO ¿NO CREE LIC.?"

¿PERO SABES QUÉ HAY DETRÁS DE ESA RAYA? AHÍ ACABA LA TIERRA Y COMIENZA EL MÁS ALLÁ

DEVERAS

REFORMA AGRARIA

AGROINDUSTRIAS

"POR ALLÍ HA DE HABER UNA FUGA"

FINANCIAMIENTO

AGROINDUSTRIAS

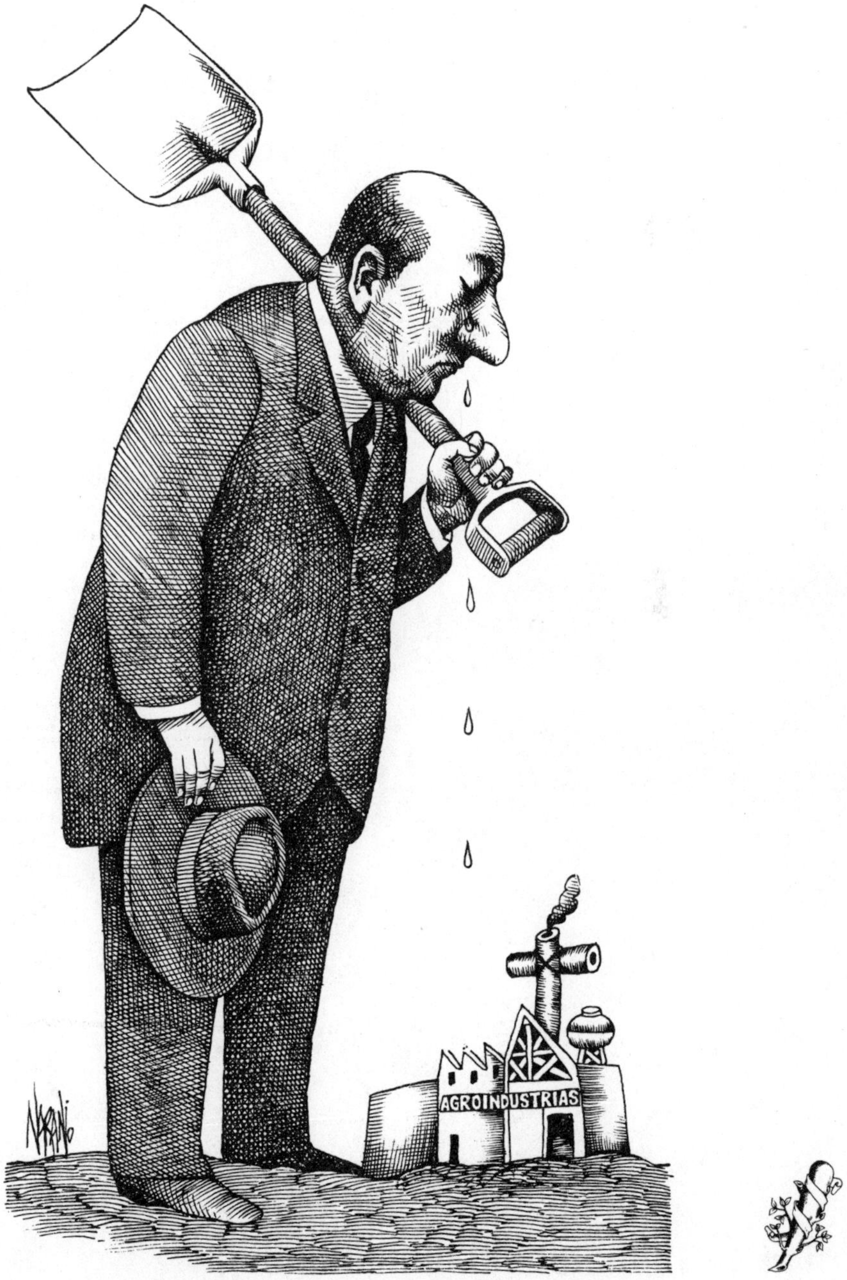
AGROINDUSTRIAS

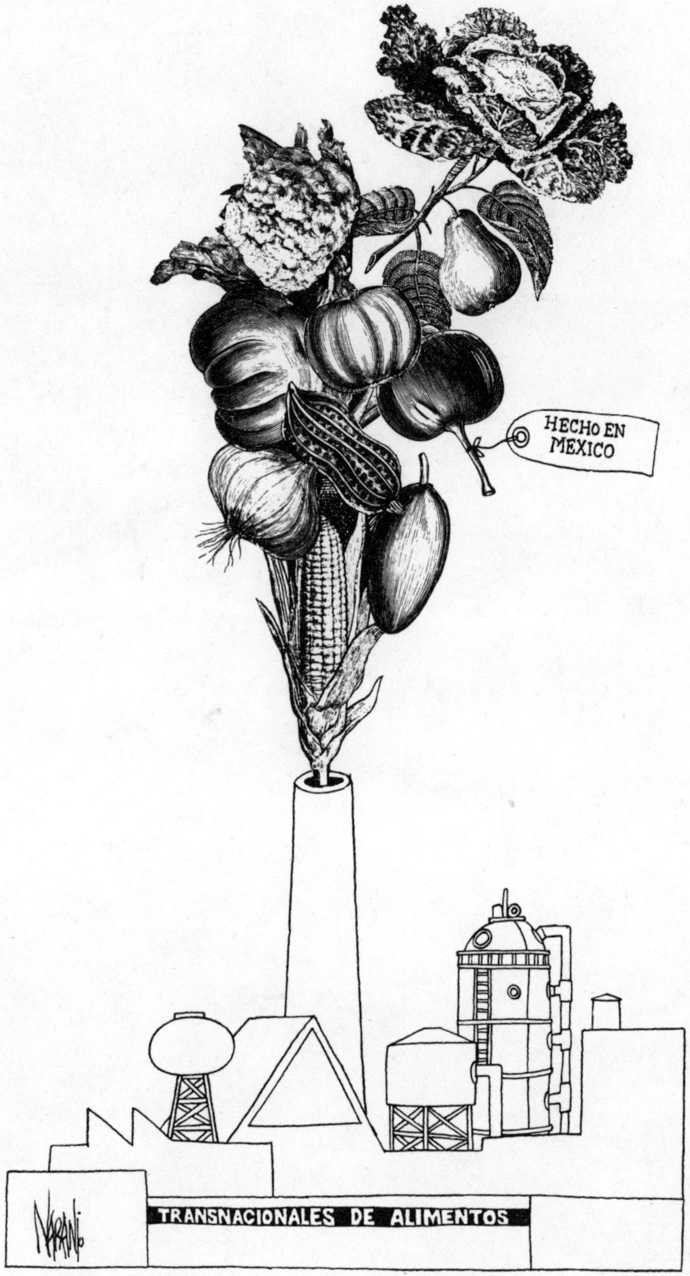
HECHO EN MEXICO
TRANSNACIONALES DE ALIMENTOS
NARANJO

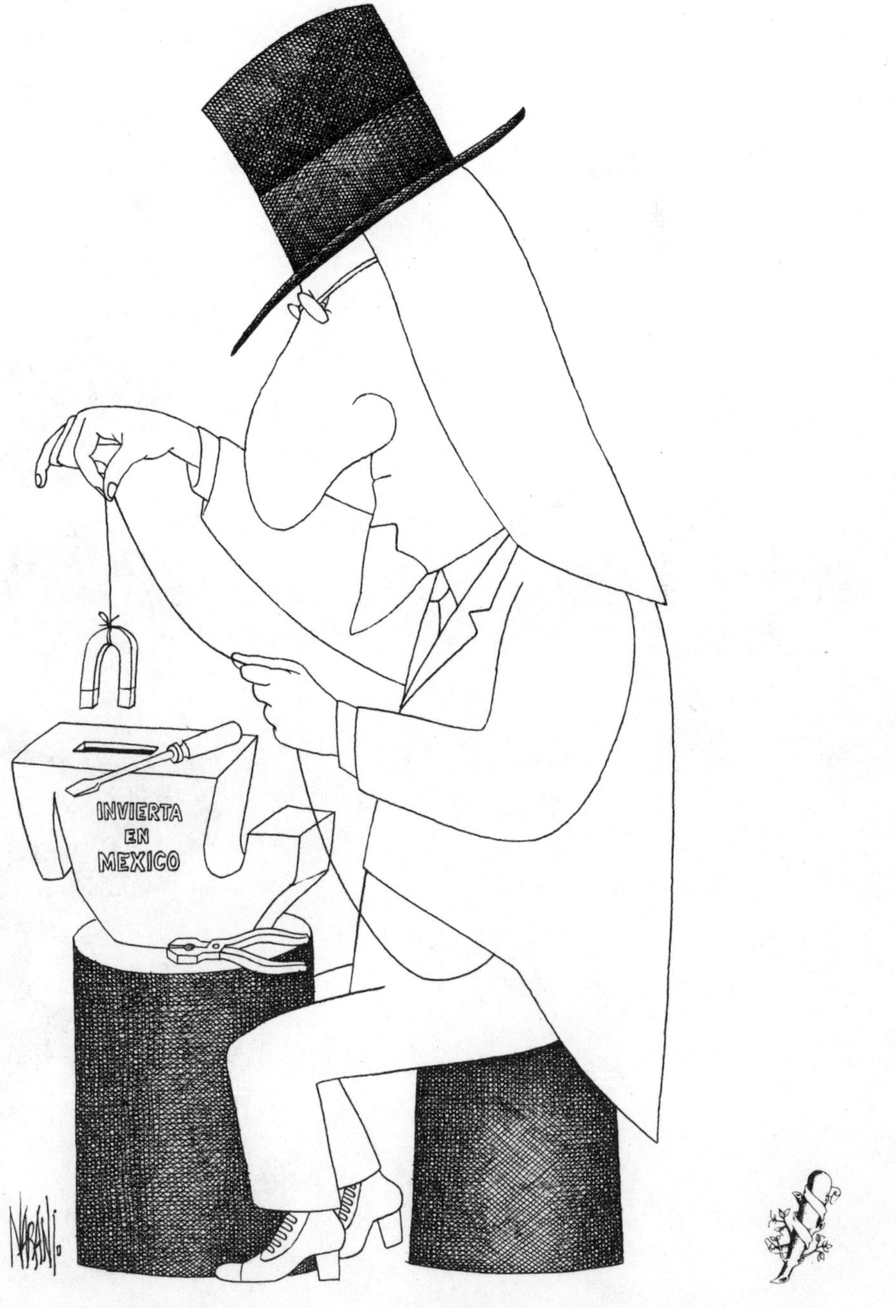
INVIERTA
EN
MEXICO
NARANJO

INGENIOS PRIVADOS
ESTE JARRÓN NO DEBE FALTAR EN UNA BUENA COLECCIÓN, CABALLERO
ESTADO

A DON AGUSTIN
TELLEZ CRUCES,
LOS PEQUEÑOS
LATIFUNDISTAS
AGRADECIDOS.

MEX. 1980

AMPAROS

AMPAROS

112

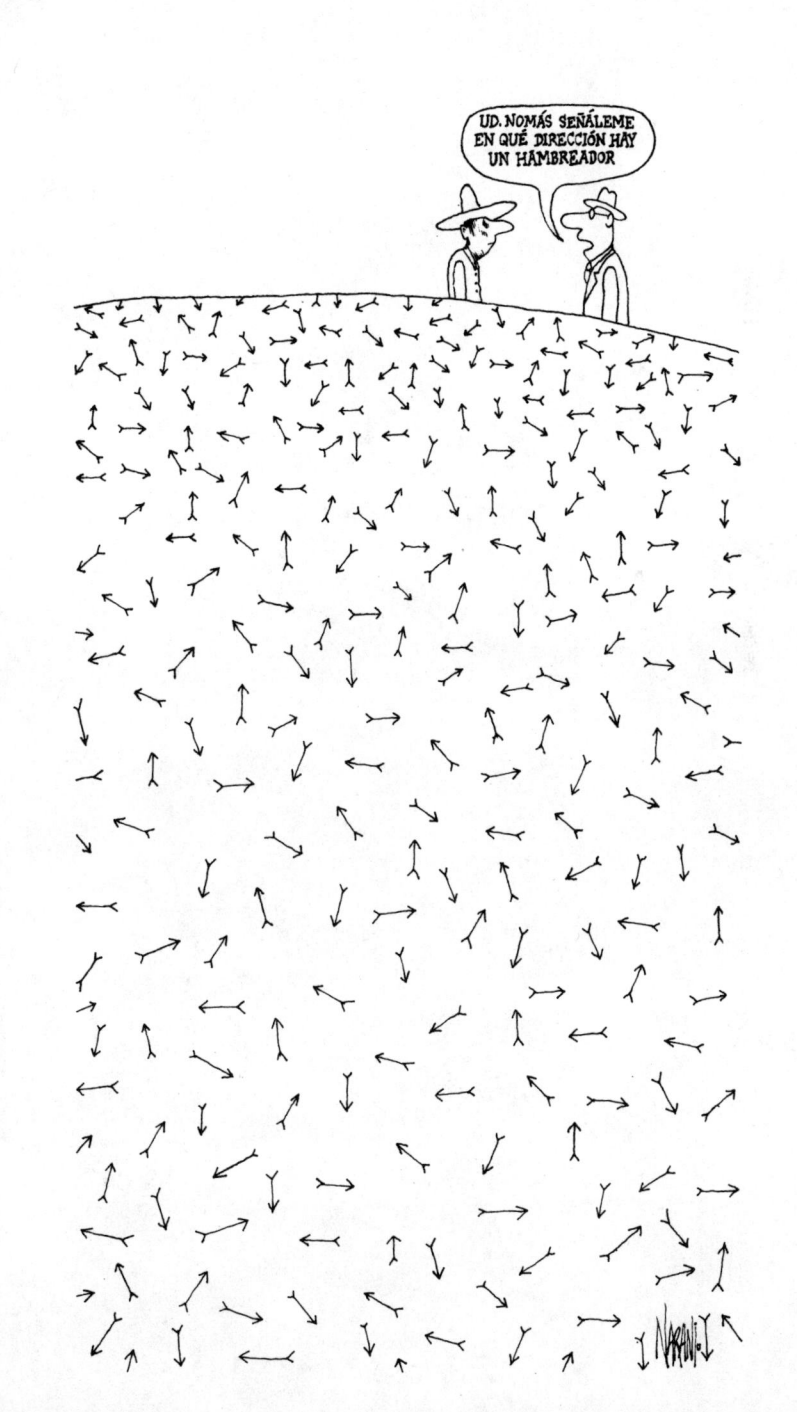

> UD. NOMÁS SEÑÁLEME EN QUÉ DIRECCIÓN HAY UN HAMBREADOR

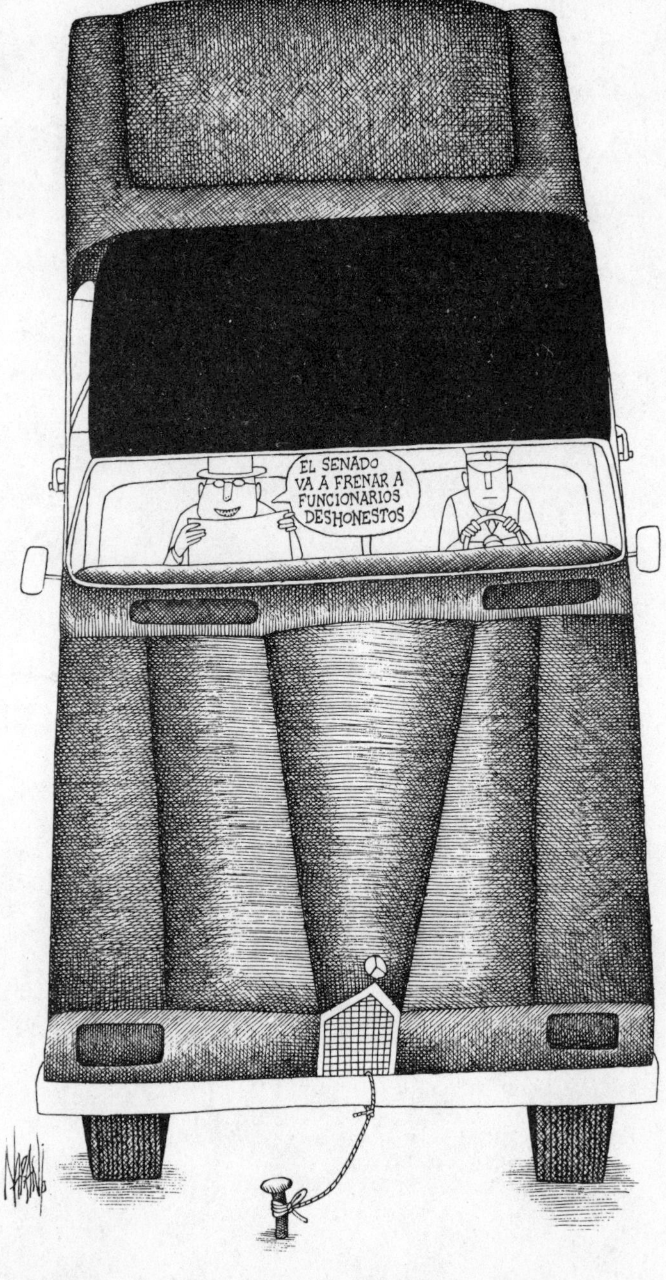
EL SENADO VA A FRENAR A FUNCIONARIOS DESHONESTOS

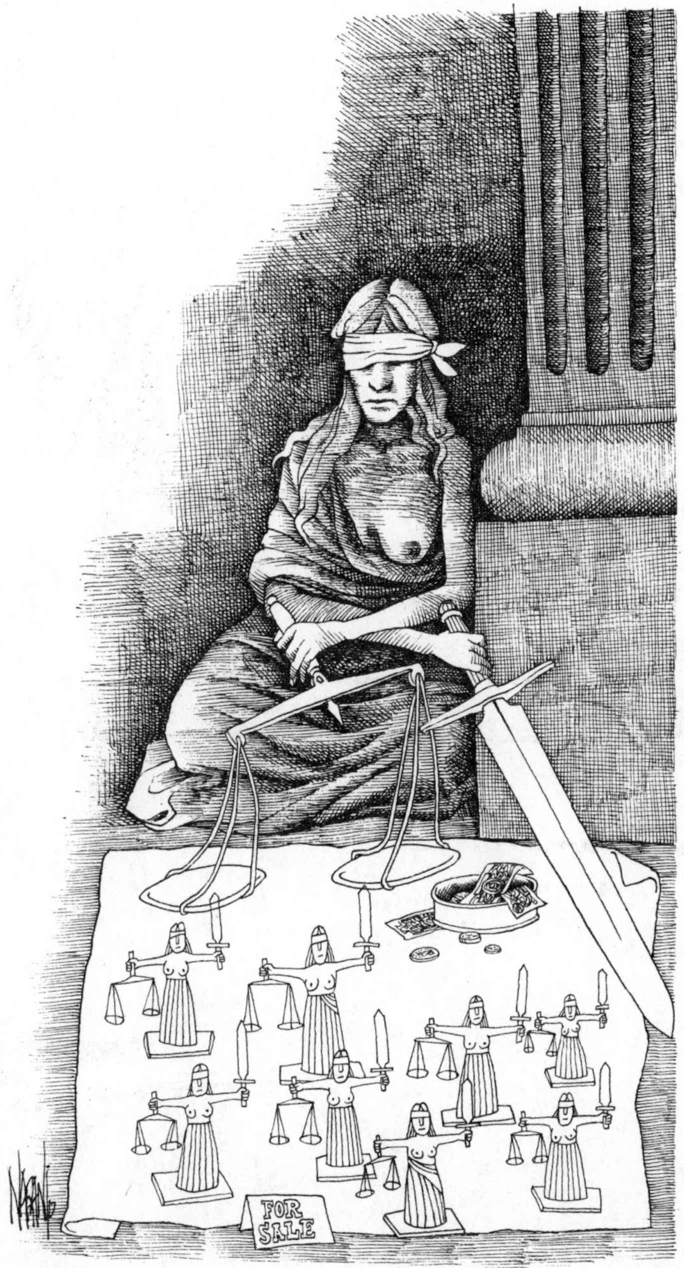
FOR SALE

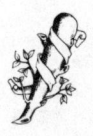

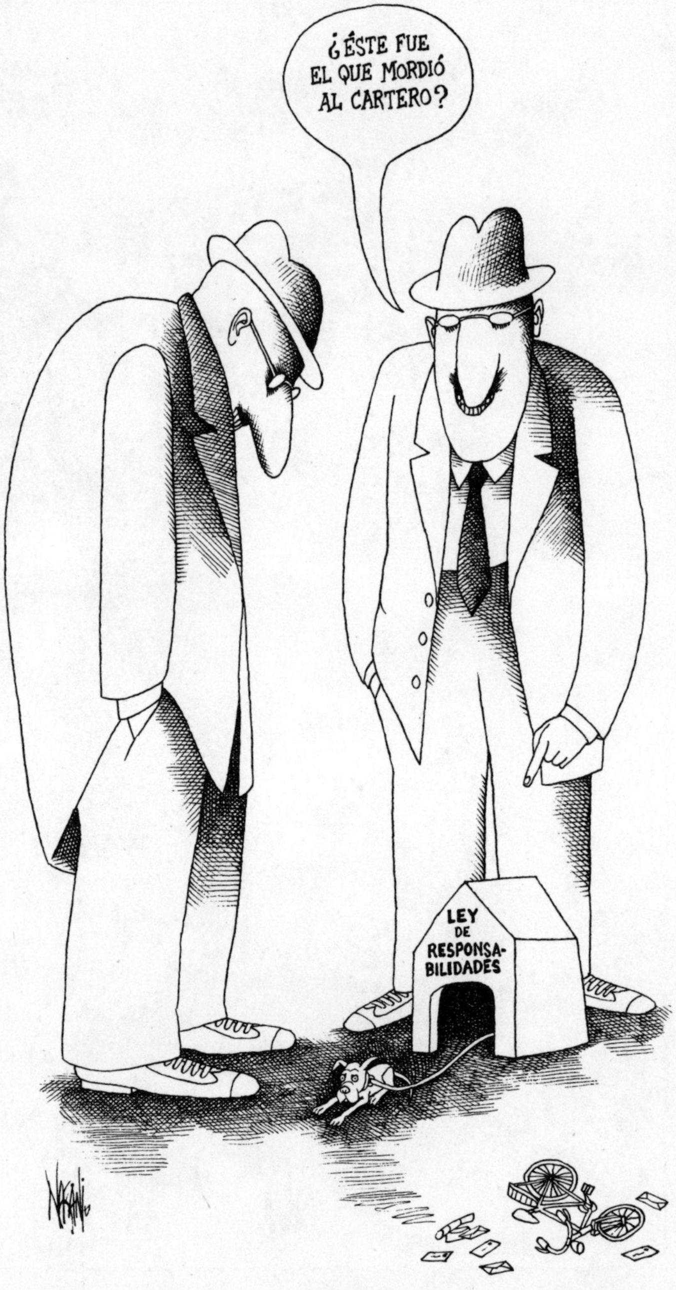
¿ÉSTE FUE EL QUE MORDIÓ AL CARTERO?
LEY DE RESPONSA-BILIDADES

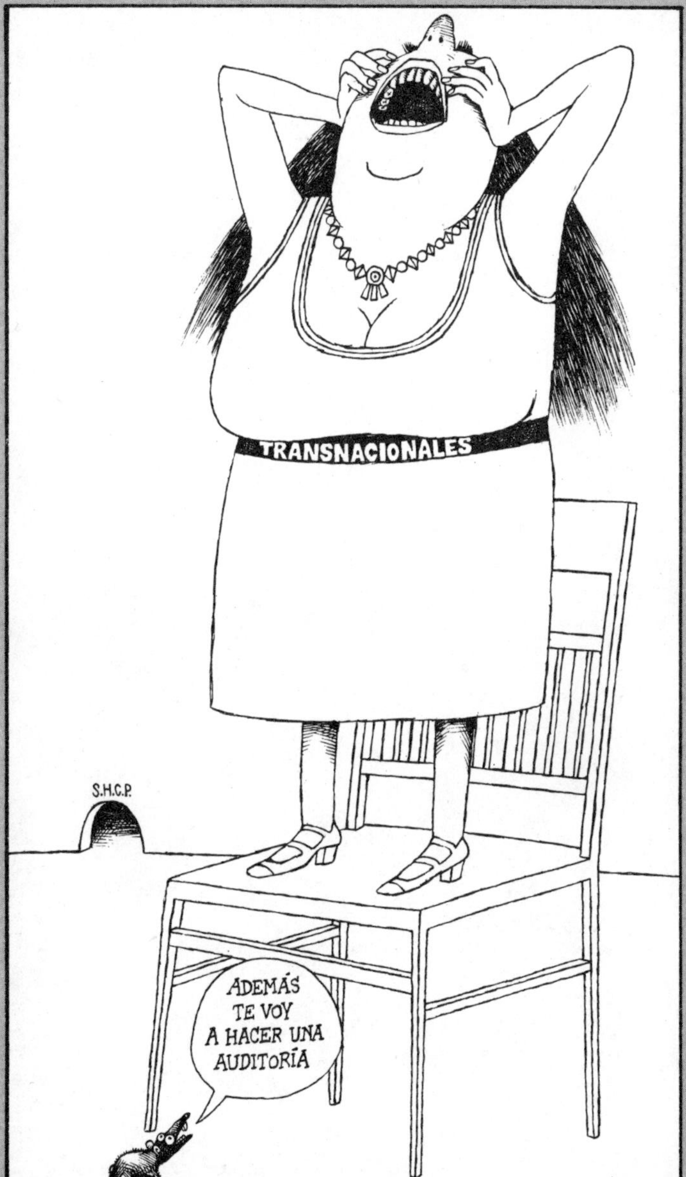
TRANSNACIONALES
S.H.C.P.
ADEMÁS TE VOY A HACER UNA AUDITORÍA

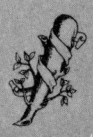

SEIS Y MEDIO,
MÁS DOS GALAXIES
Y AHÍ MUERE
¿NO?

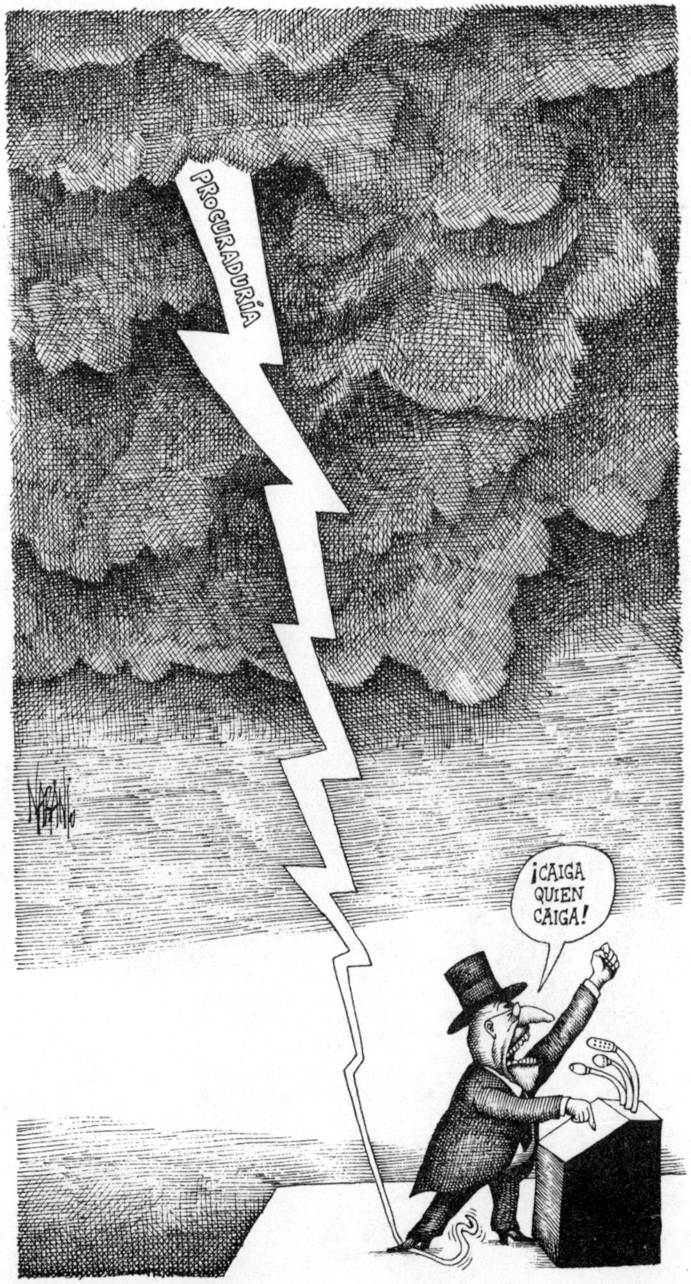
PROCURADURÍA
¡CAIGA QUIEN CAIGA!

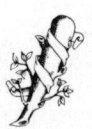

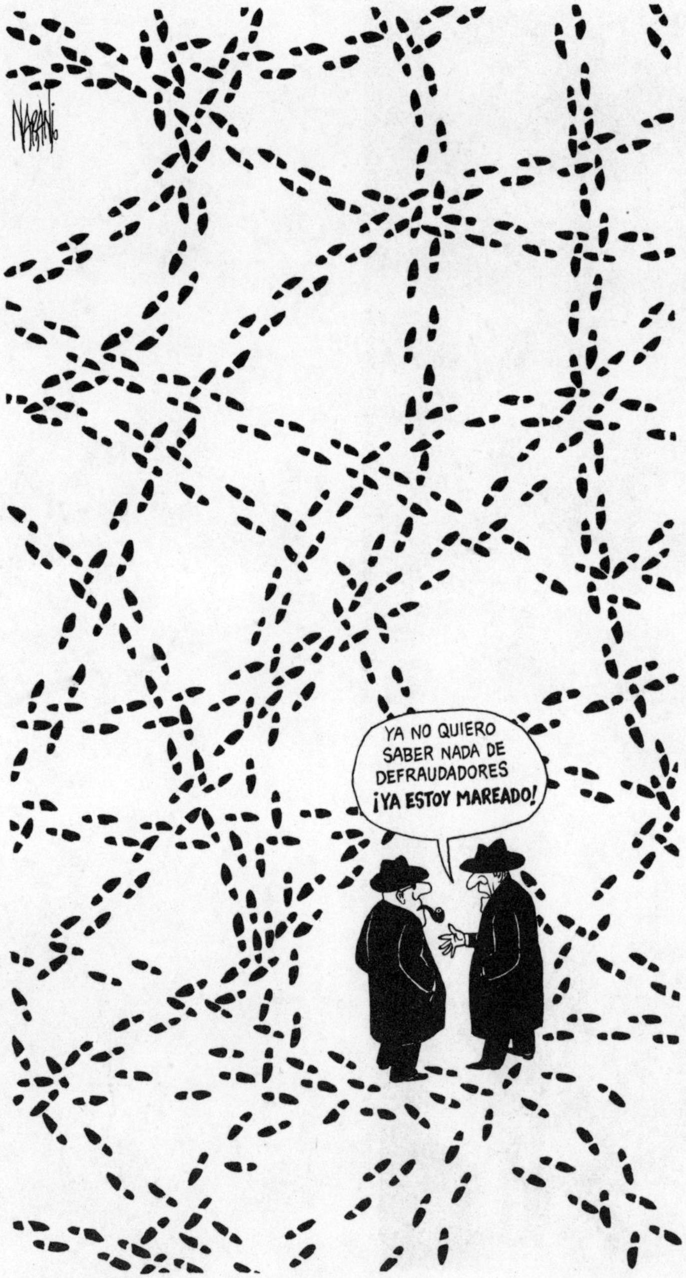
YA NO QUIERO SABER NADA DE DEFRAUDADORES
¡YA ESTOY MAREADO!

Y VAMOS A HACER MUCHAS AUDITORÍAS... ¡AAAAH.....!

¡CON UN DEMONIO! ¿OTRA VEZ A LA CARNICERÍA?

GOBIERNO

JEFES DE COMPRAS

LUEGO DIJO: "HÁGASE LA LUZ" PERO NO FUE FÁCIL, LAS PRIMERAS SIETE SEMANAS.... PUROS APAGONES.

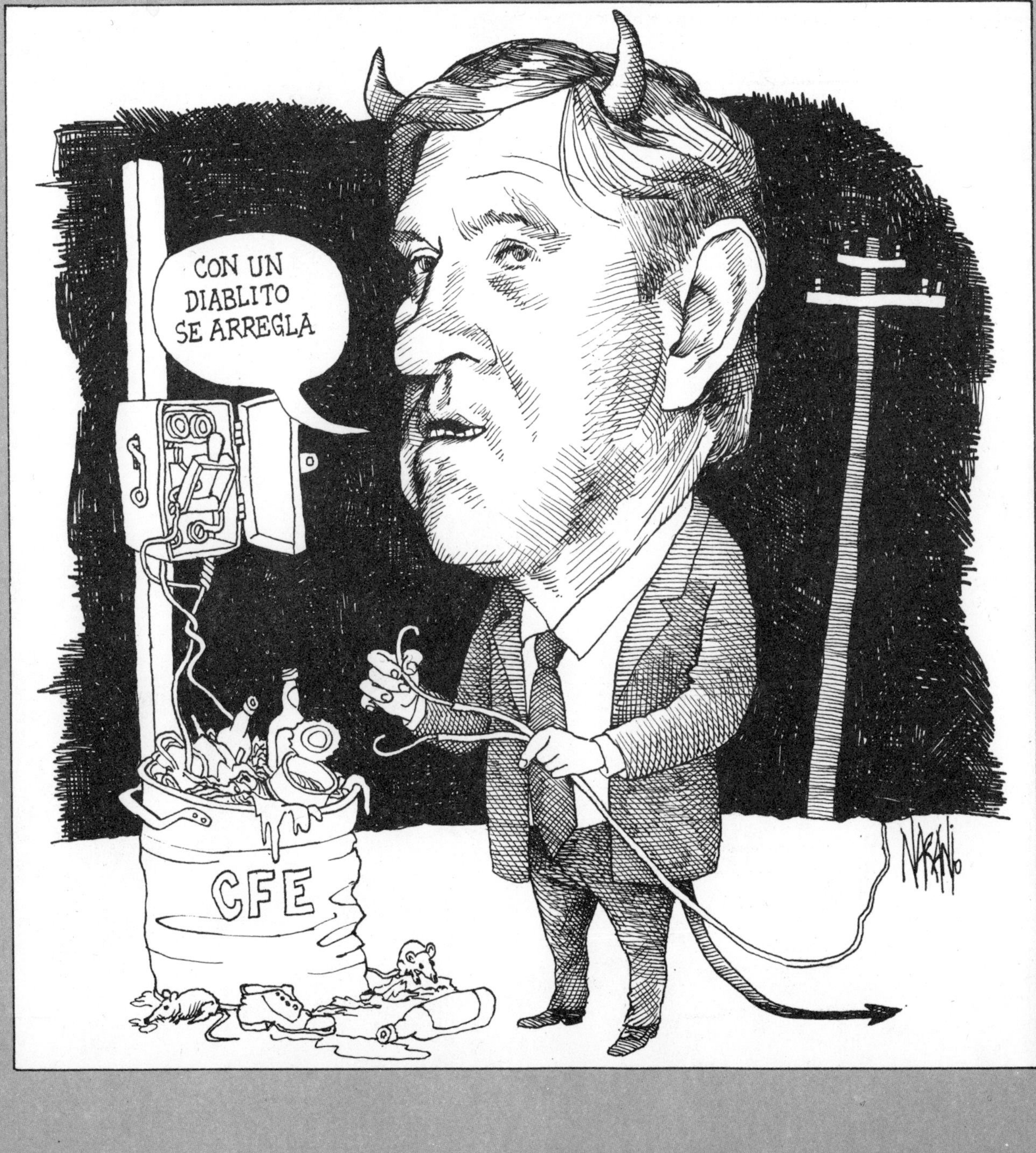
CON UN DIABLITO SE ARREGLA
CFE
NARANJO

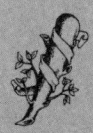

LOS HOMBRES SON CIRCUNSTANCIALES Y SÓLO LAS INSTITUCIONES PREVALECEN

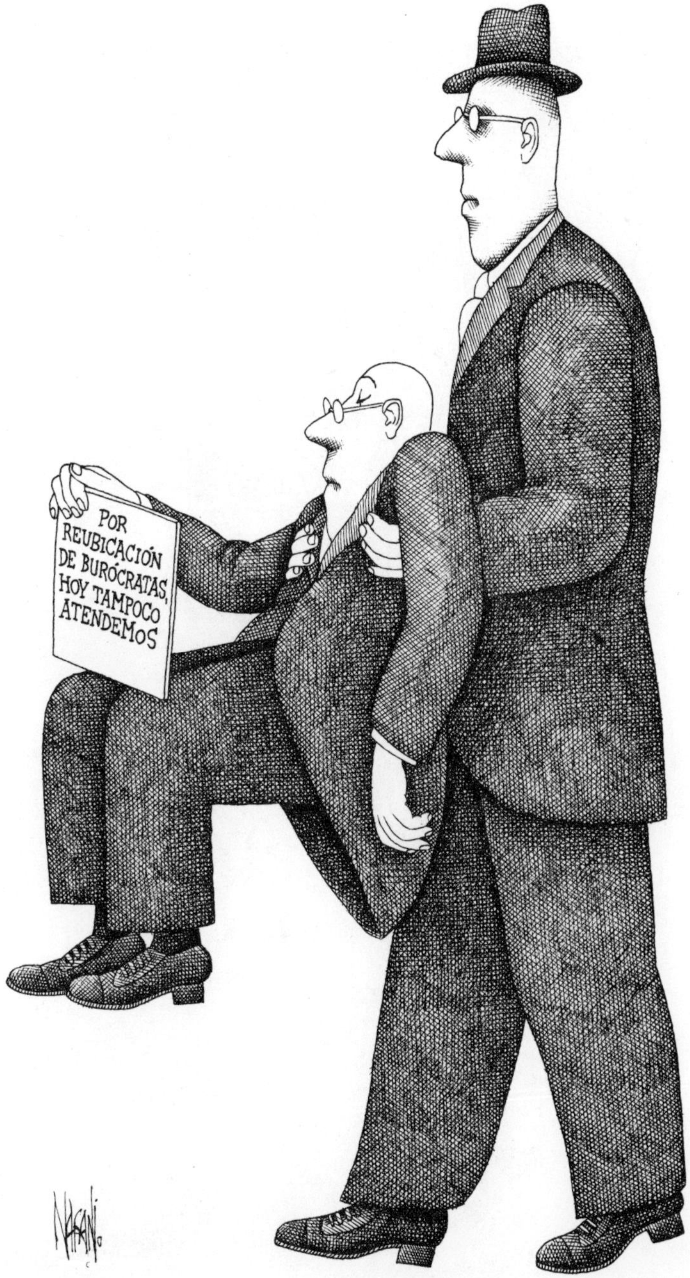
POR REUBICACIÓN DE BURÓCRATAS, HOY TAMPOCO ATENDEMOS

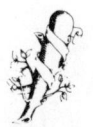

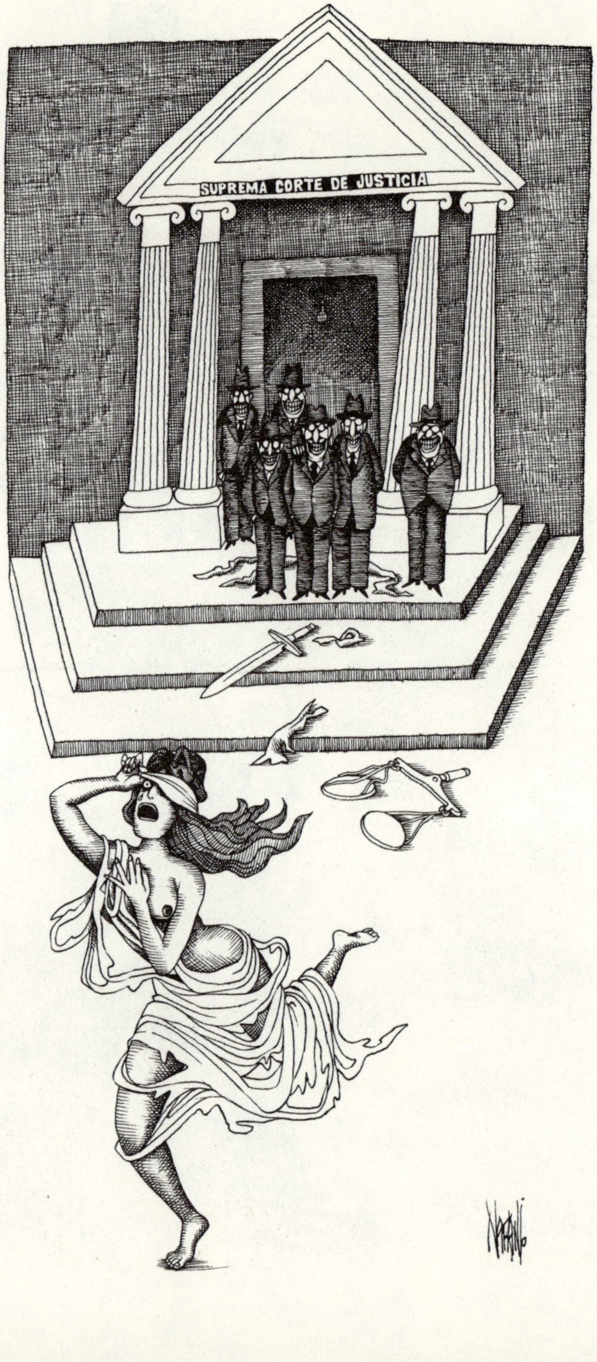
SUPREMA CORTE DE JUSTICIA

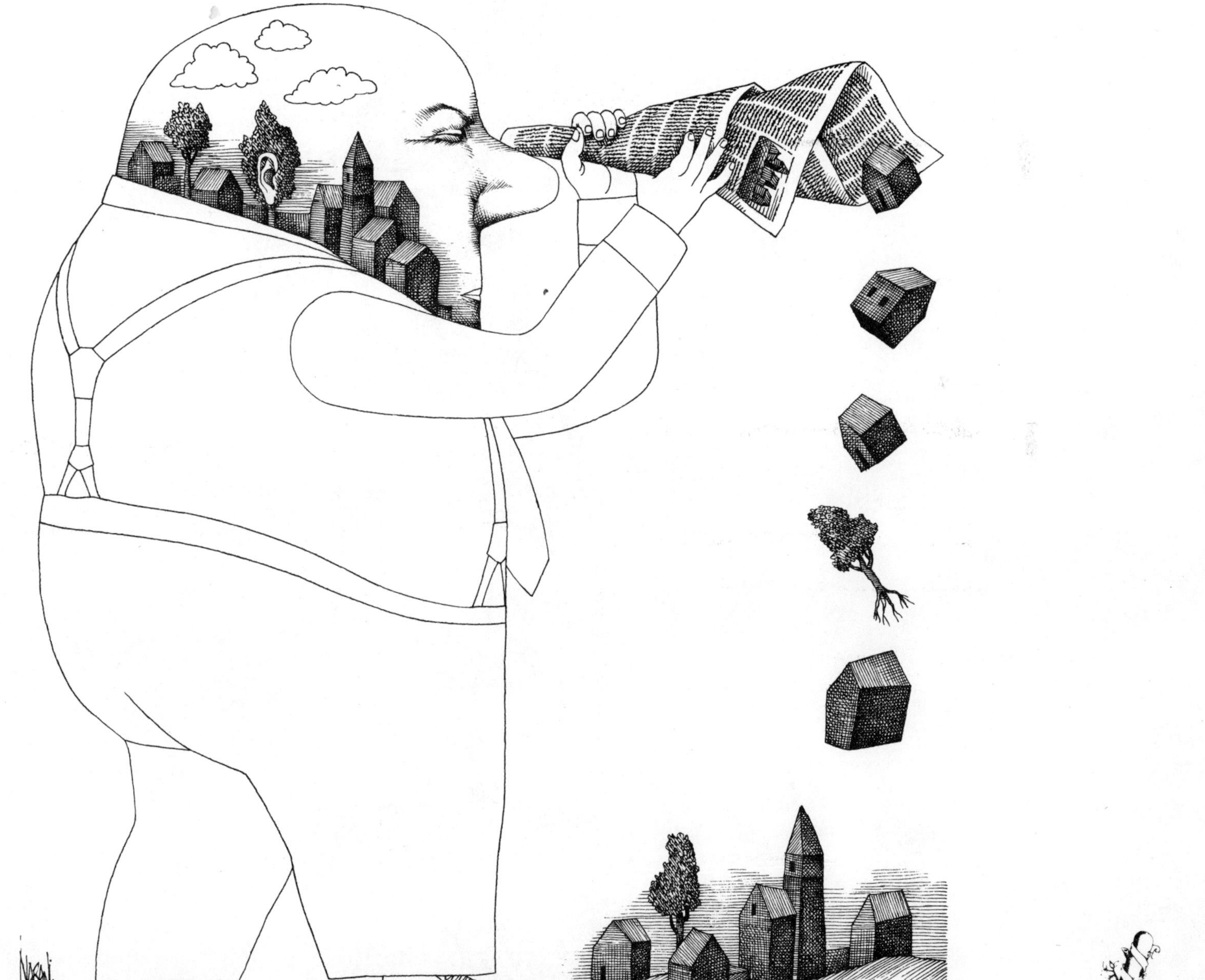

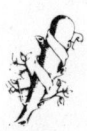

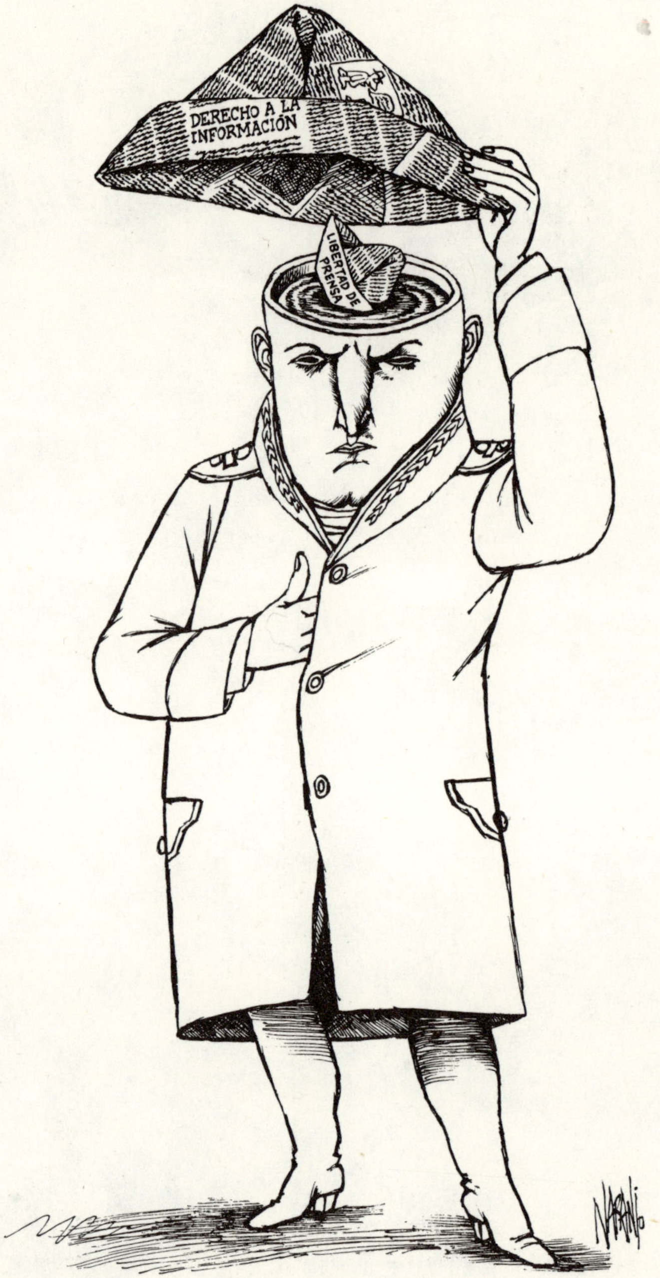
DERECHO A LA INFORMACIÓN
LIBERTAD DE PRENSA

DERECHO A DISENTIR
FUEGO
IXTOC
DIAZ SERRANO RESPONSABLE
DERECHO A LA INFORMACIÓN
DESPERDICIO DE ENERGETICOS
CRITICAS AL SISTEMA
MAS PRESTAMOS
LIBERTAD DE OPINION
NARANJO

JÚRAME QUE LA USARÁS CON RESPONSABILIDAD, AUN CONTRA MÍ SI FUERA PRECISO, CUANDO FALTE A MI DEBER.
GOBIERNO
DERECHO A LA INFORMACIÓN
GRAN PRENSA
NARANJO

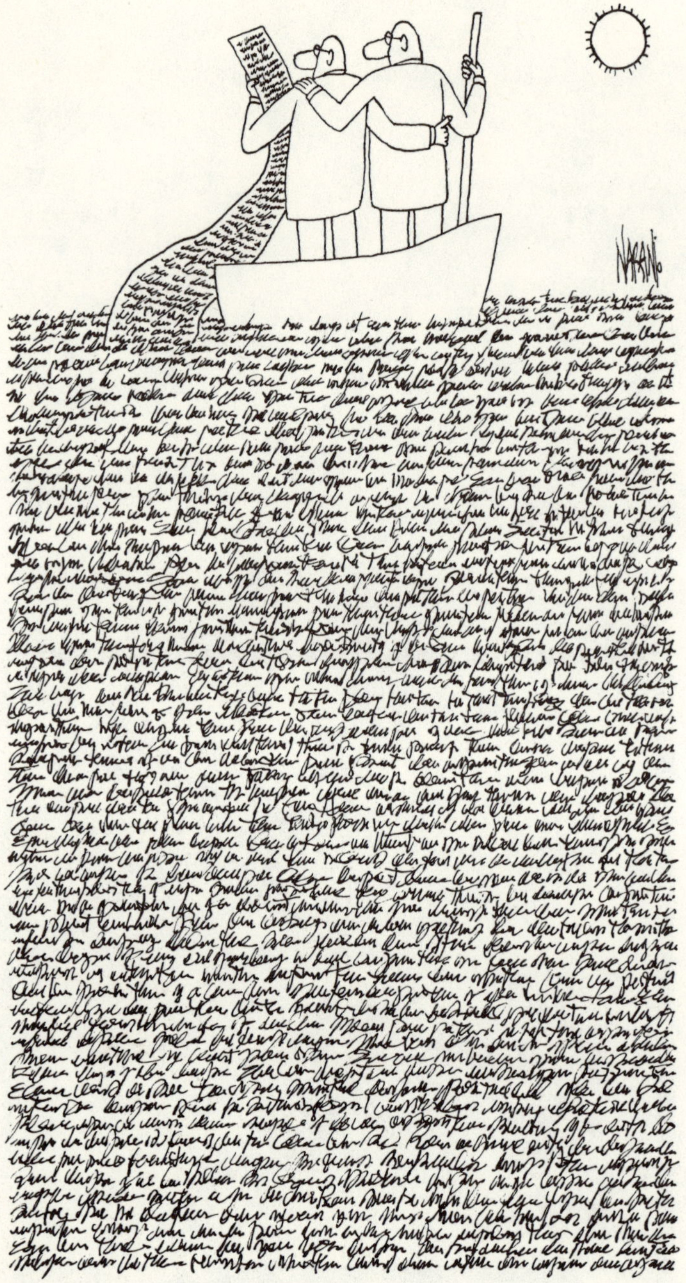

ES QUE EN
HUMANÍSTICAS
NO LA HICE,
MAMACITA

información

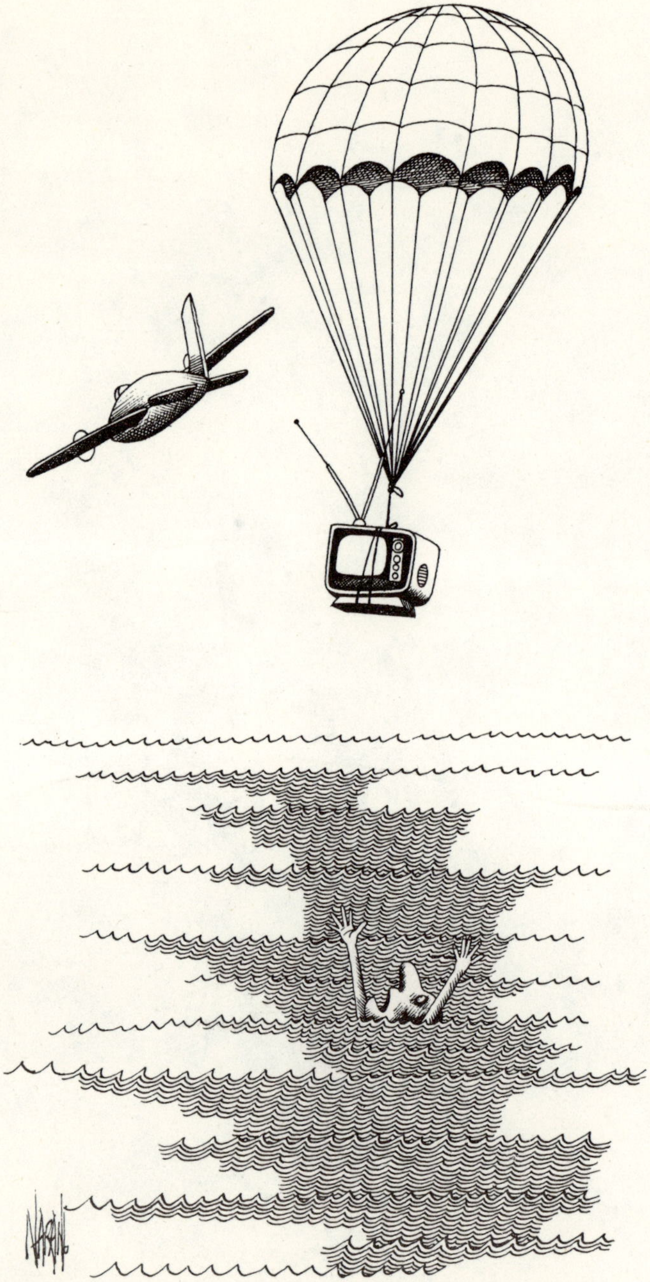

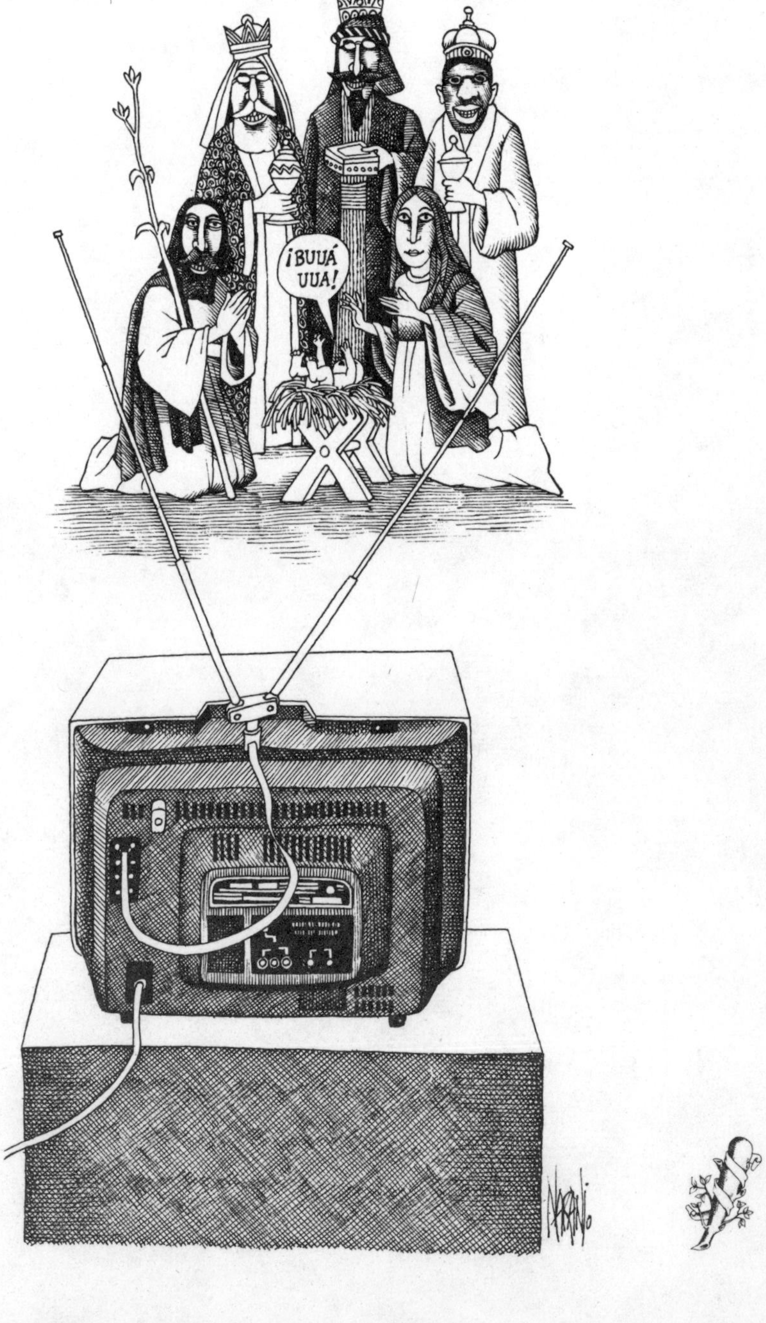
¡BUUÁ UUA!

COPAS

12

VICTOR HUGO
CERVANTES
DOSTOIEVSKI
REFORMA POLITICA
GOETHE
SHAKESPIARE
DANTE
KAFKA

2 DE OCTUBRE NO SE OLVIDA, 2 DE OCTUBRE NO SE OLVIDA, 2 DE OCTUBRE NO SE.......
PPS
PRI

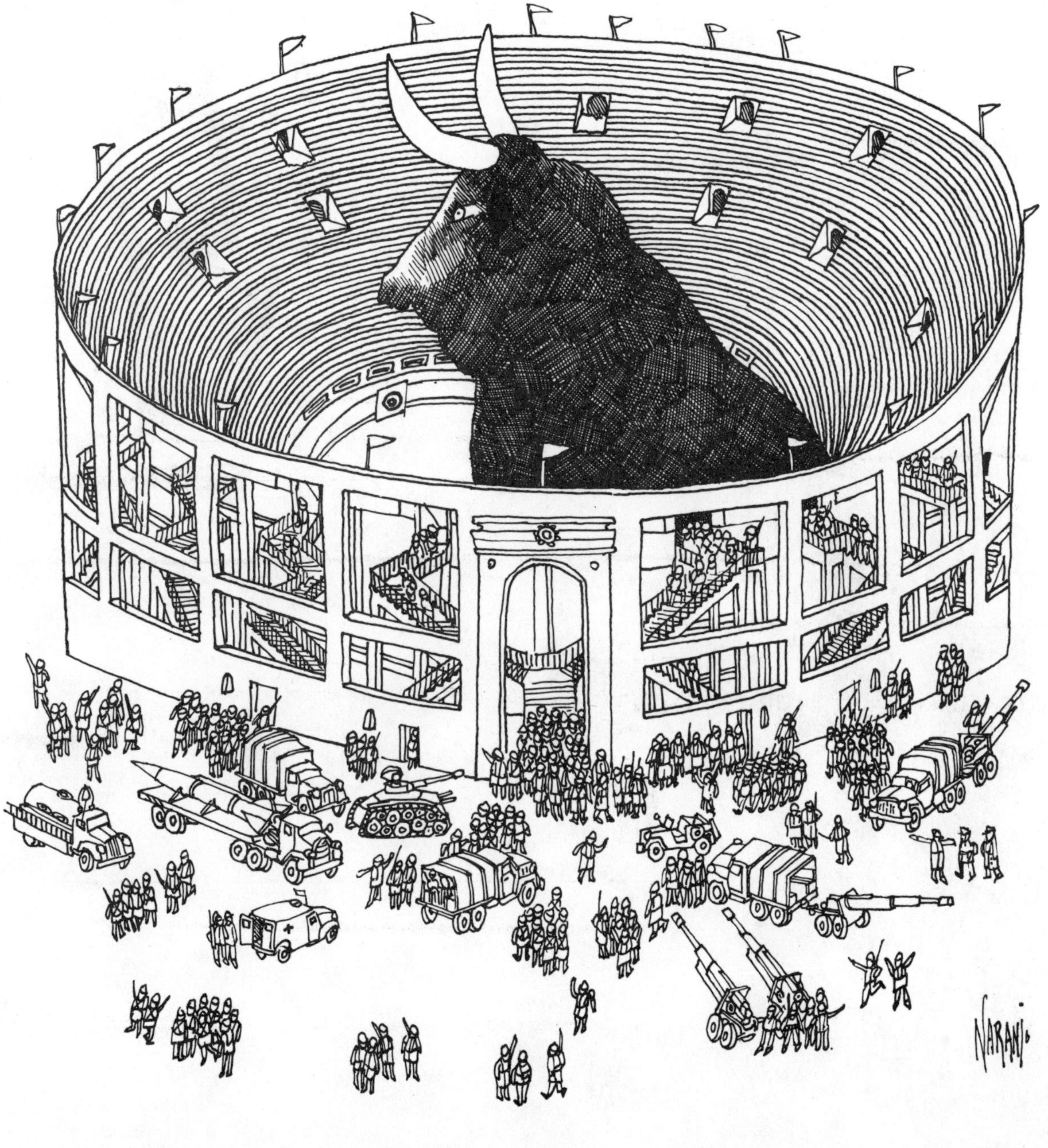
NARANJO

140

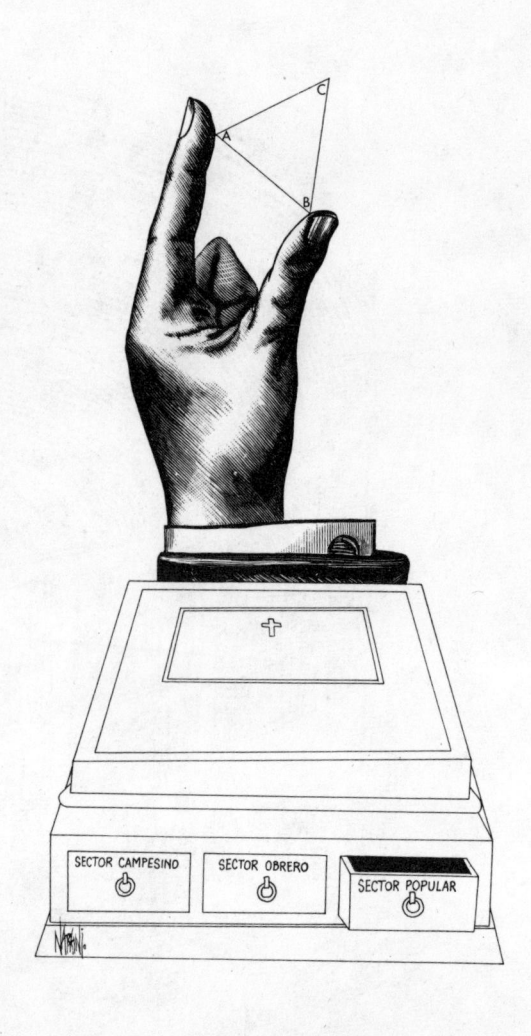

DEPOSITE
UNA
MONEDA

NO SOMOS
AMIGOS,
SOMOS
LICENCIADOS
CONVENCIDOS

MÉXICO DEBE RESCATAR SUS MEJORES ESENCIAS PARA LA LUCHA SOLIDARIA DEL PRESENTE Y BLA BLA
YA, POR FAVOR
AGH
¡DIOS MÍO SÁLVANOS!

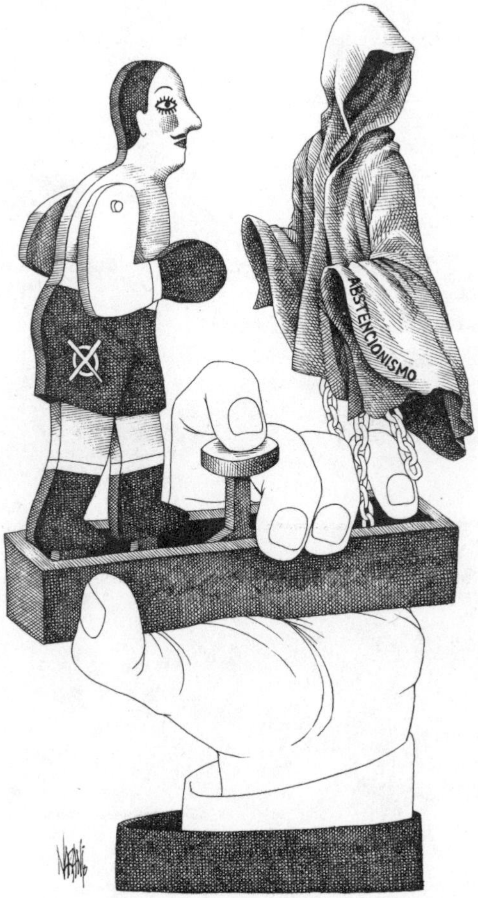
ABSTENCIONISMO

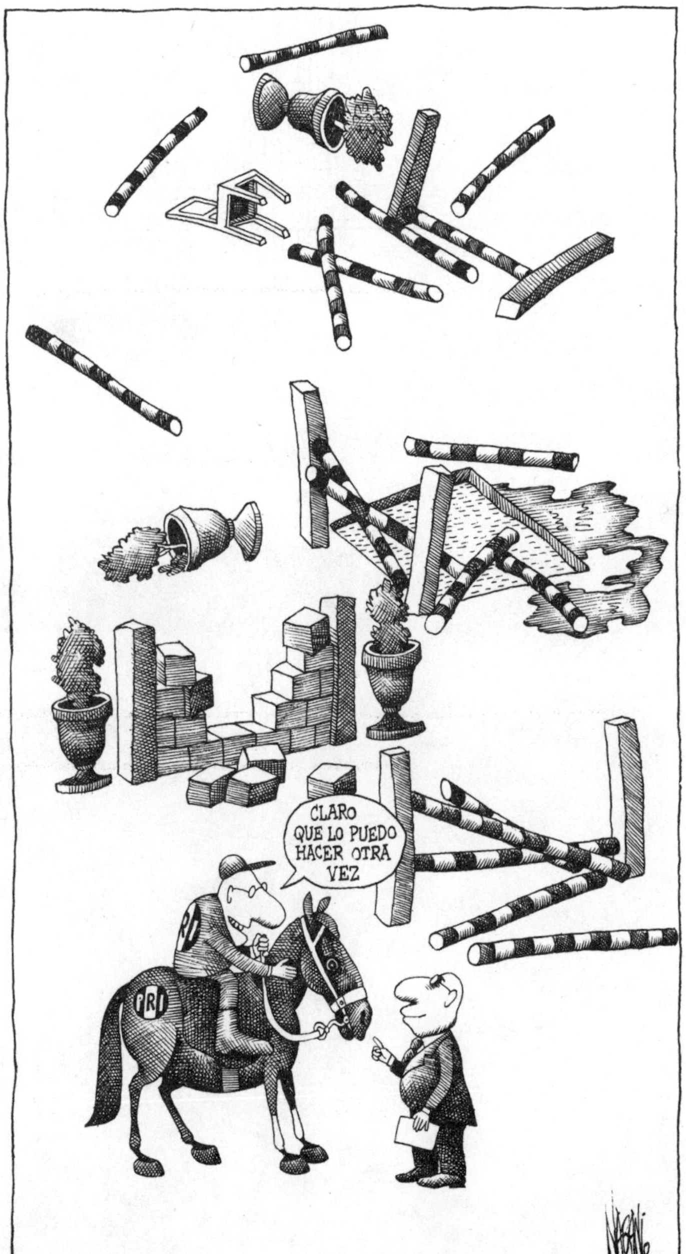
CLARO QUE LO PUEDO HACER OTRA VEZ
PRI

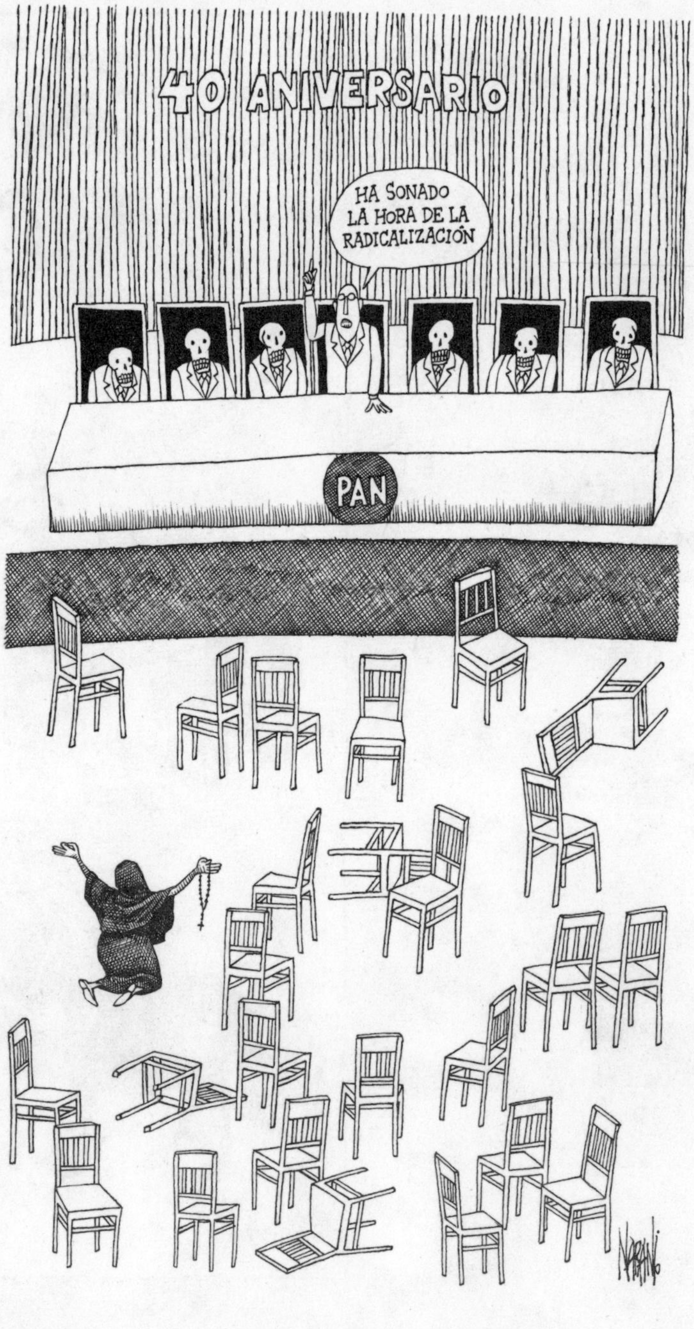
40 ANIVERSARIO
HA SONADO LA HORA DE LA RADICALIZACIÓN
PAN

GLORIA ETERNA CON EL
PAN
RECUERDA QUE TU REINO NO ES DE ESTE MUNDO

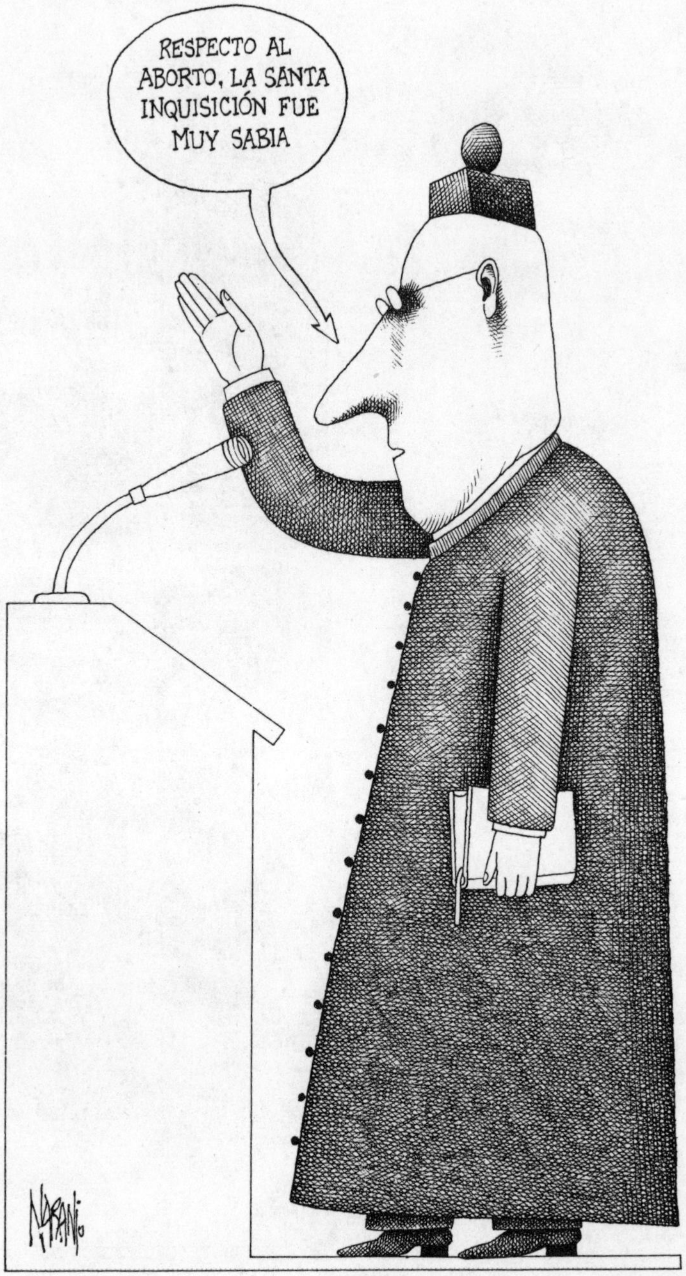
RESPECTO AL ABORTO, LA SANTA INQUISICIÓN FUE MUY SABIA

SI NO PUEDO EXPRESARME EN SU LENGUA, CORRÍJANME
SIEMPRE LO HEMOS HECHO

SIENTO QUE ME LES VOY COMPAÑEROS
CONSEJO NACIONAL
PARM

¿RELACIONES DE MÉXICO CON EL VATICANO? ¡QUÉ OCURRENCIA! ESO QUISIERAN LOS COMUNISTAS

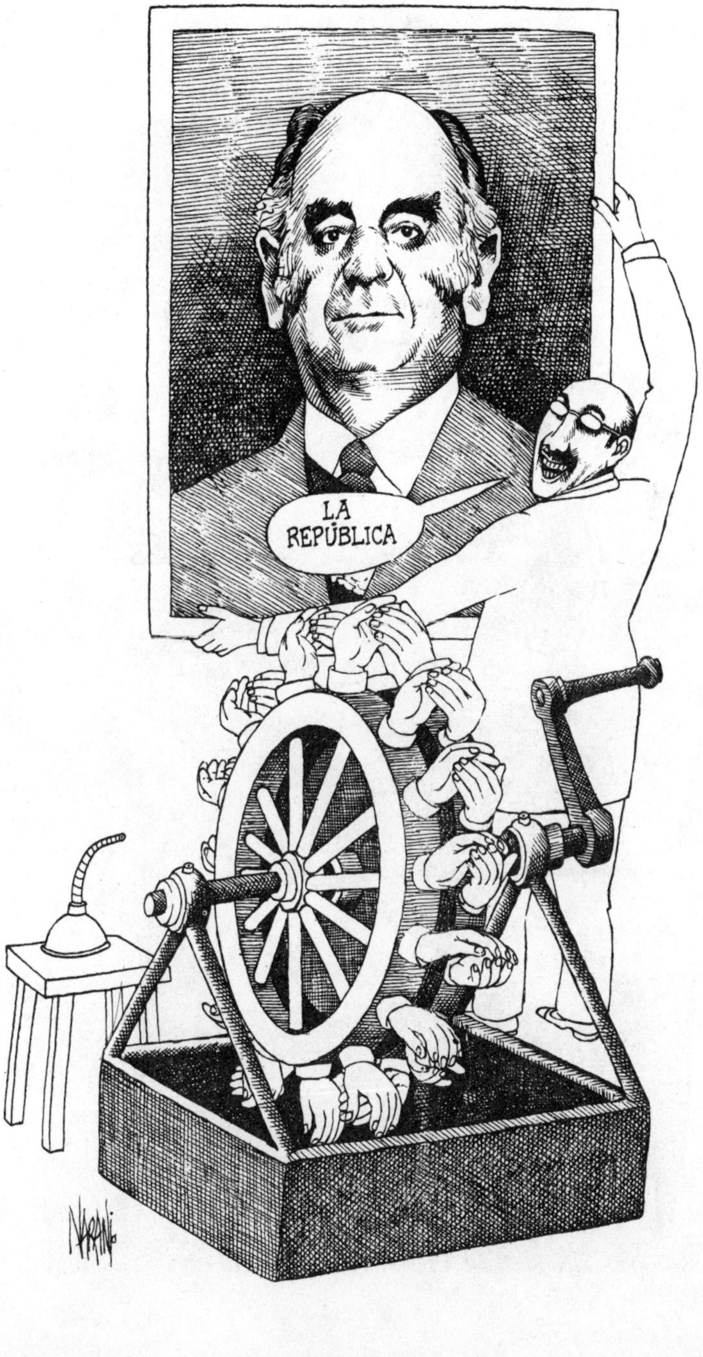
LA REPÚBLICA

PARECIDO A LOCATEL, ¡PERO A LO BRUTO!
CEDULA DE IDENTIFICACION PERSONAL
NARANJO

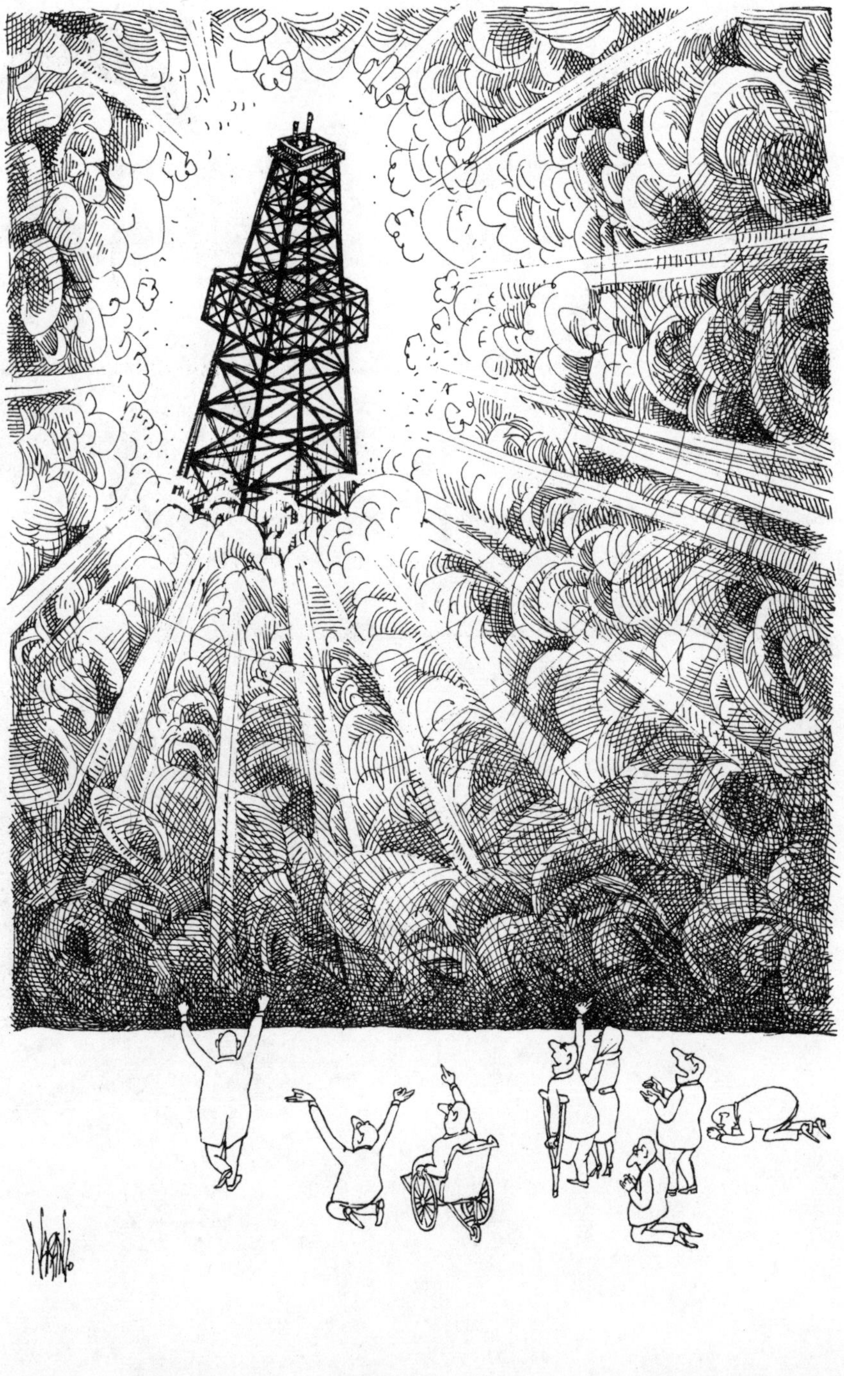

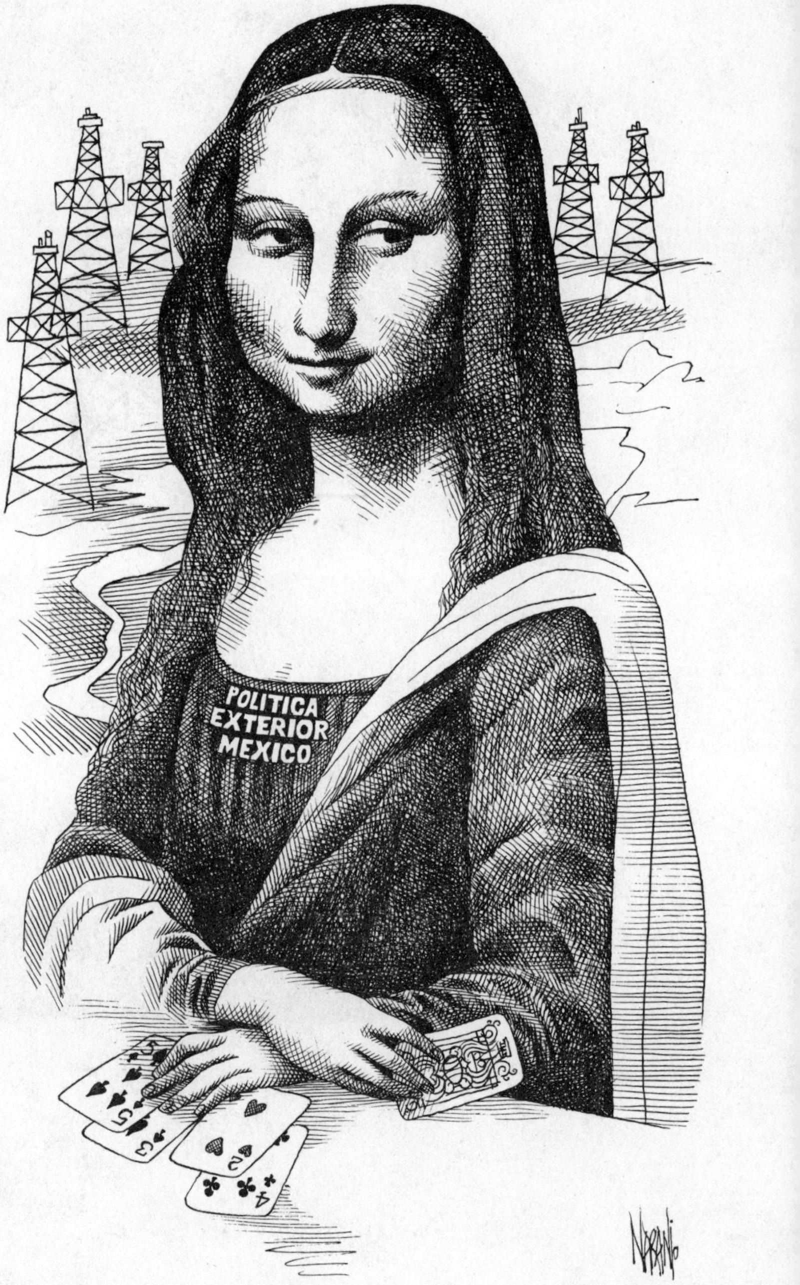
POLITICA
EXTERIOR
MEXICO

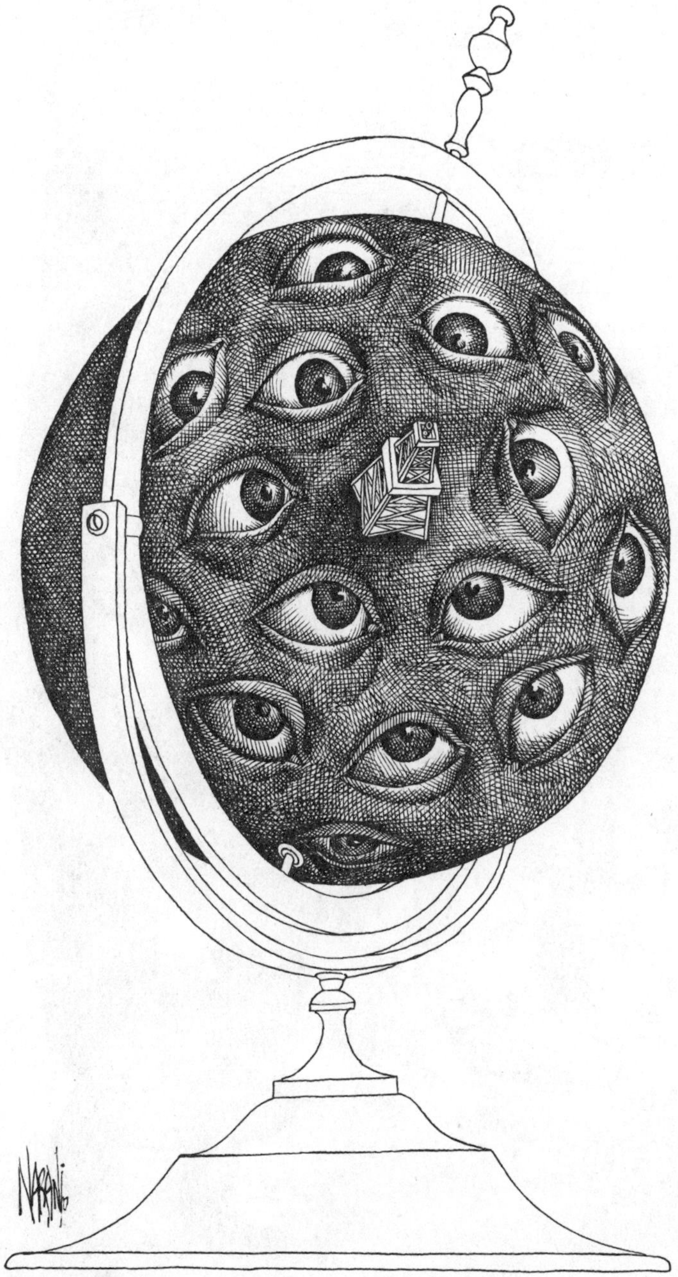

154

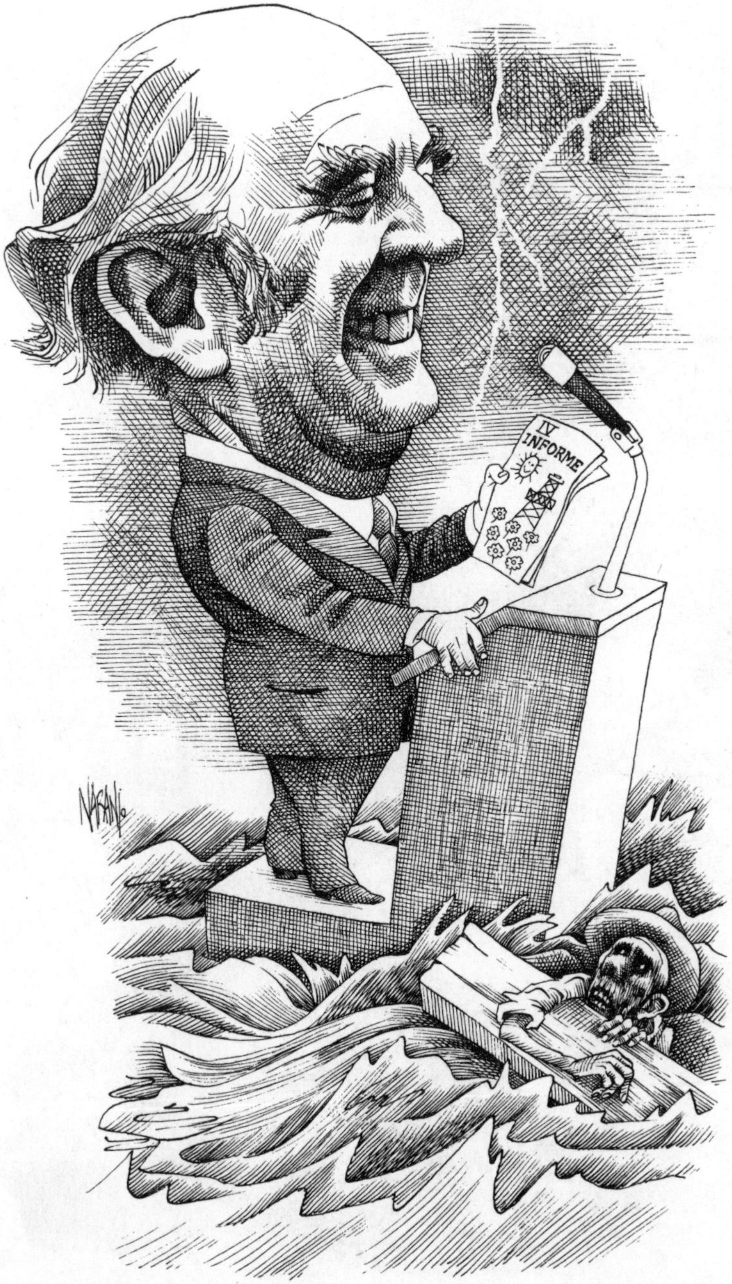
IV
INFORME

OPEP
OPEP
OPEP
OPEP
OPEP
OPEP
OPEP
OPEP
PEMEX
OPEP
OPEP
EL REBELDE
OPEP
OPEP
OPEP
NARANJO

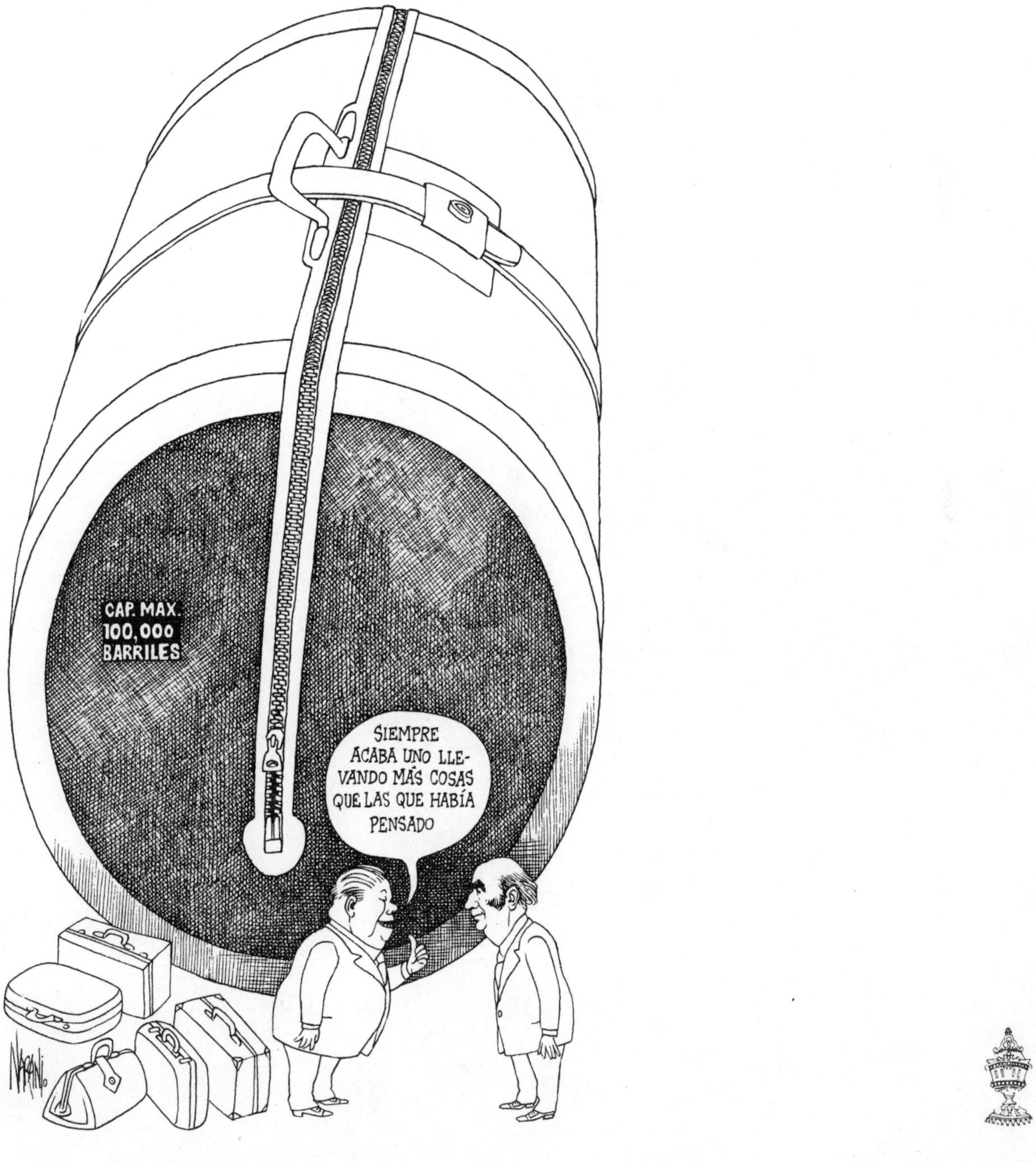
CAP. MAX.
100,000
BARRILES
SIEMPRE ACABA UNO LLE-VANDO MÁS COSAS QUE LAS QUE HABÍA PENSADO

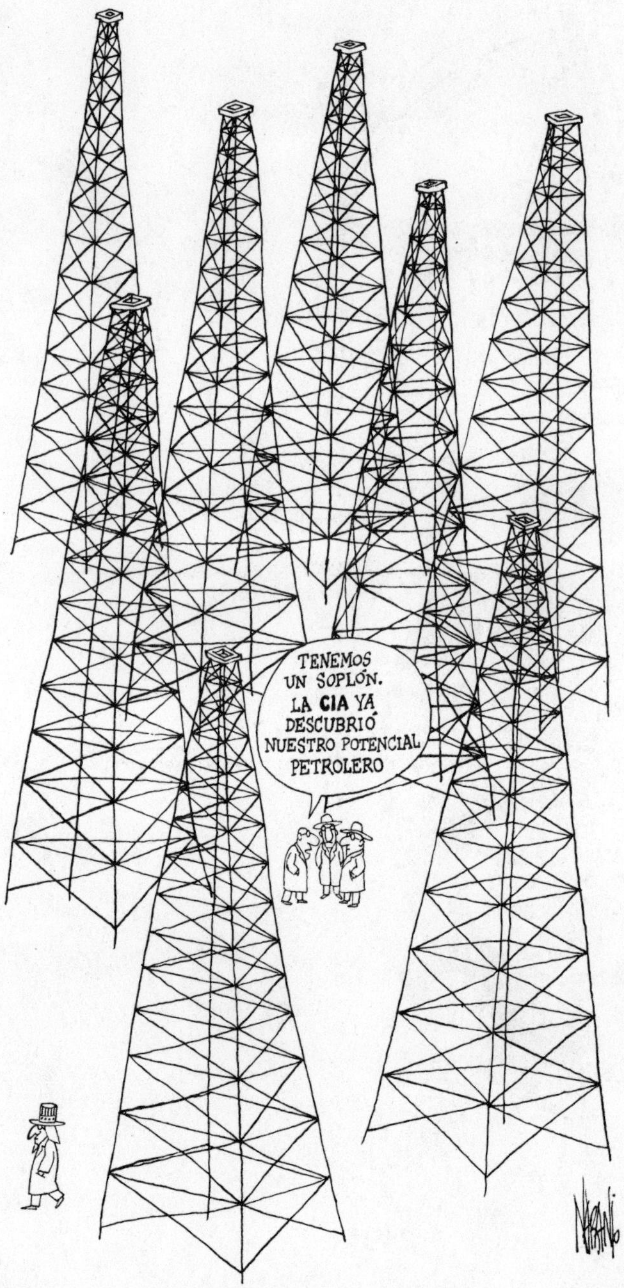
TENEMOS UN SOPLÓN. LA CIA YA DESCUBRIÓ NUESTRO POTENCIAL PETROLERO

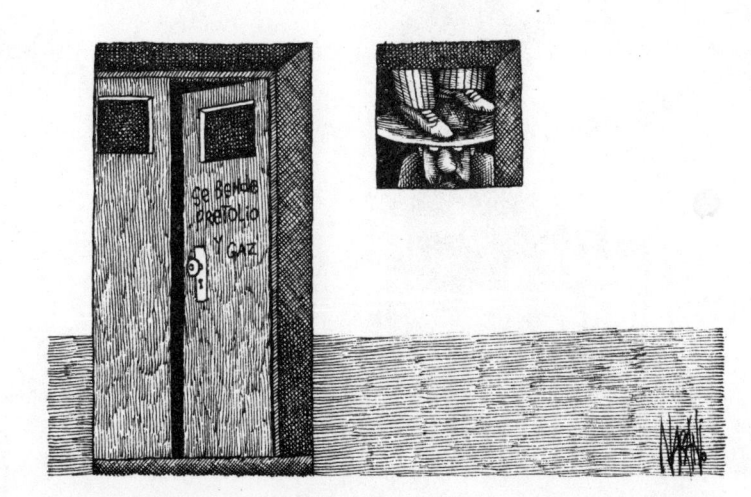

CREO QUE DEBERÍA TENER UN ACERCAMIENTO CON EL VECINO DE LA PLANTA BAJA

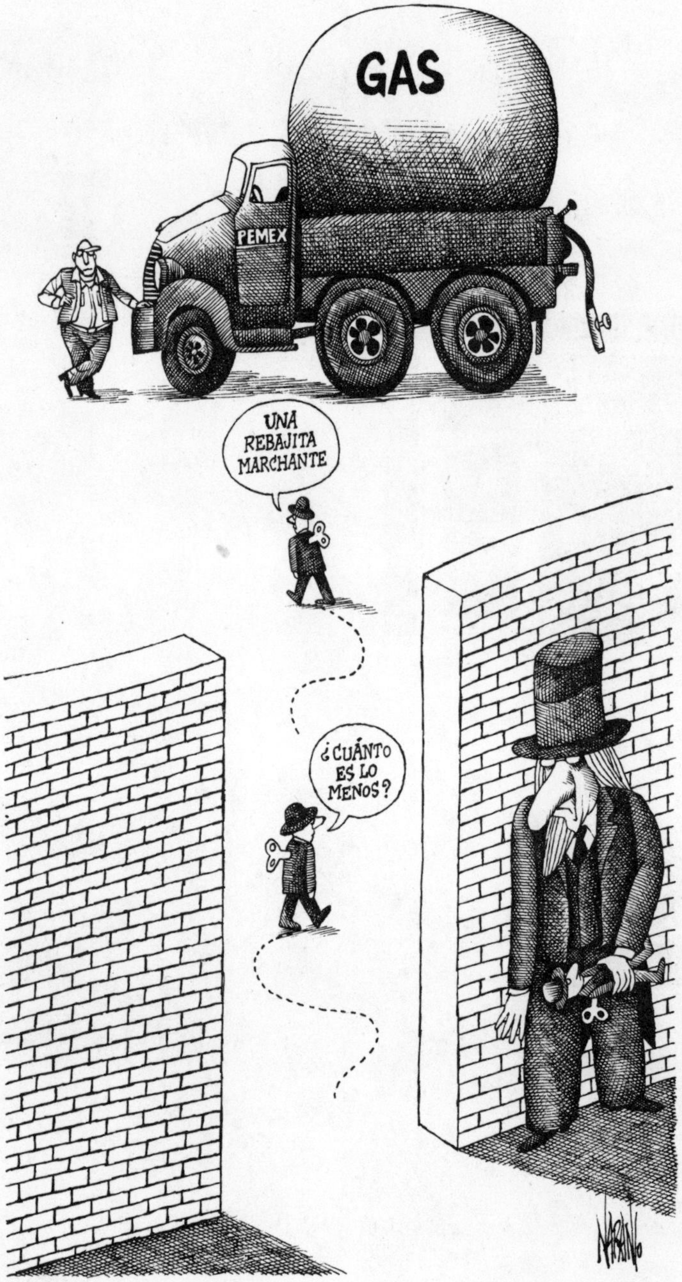
GAS
PEMEX
UNA REBAJITA MARCHANTE
¿CUÁNTO ES LO MENOS?

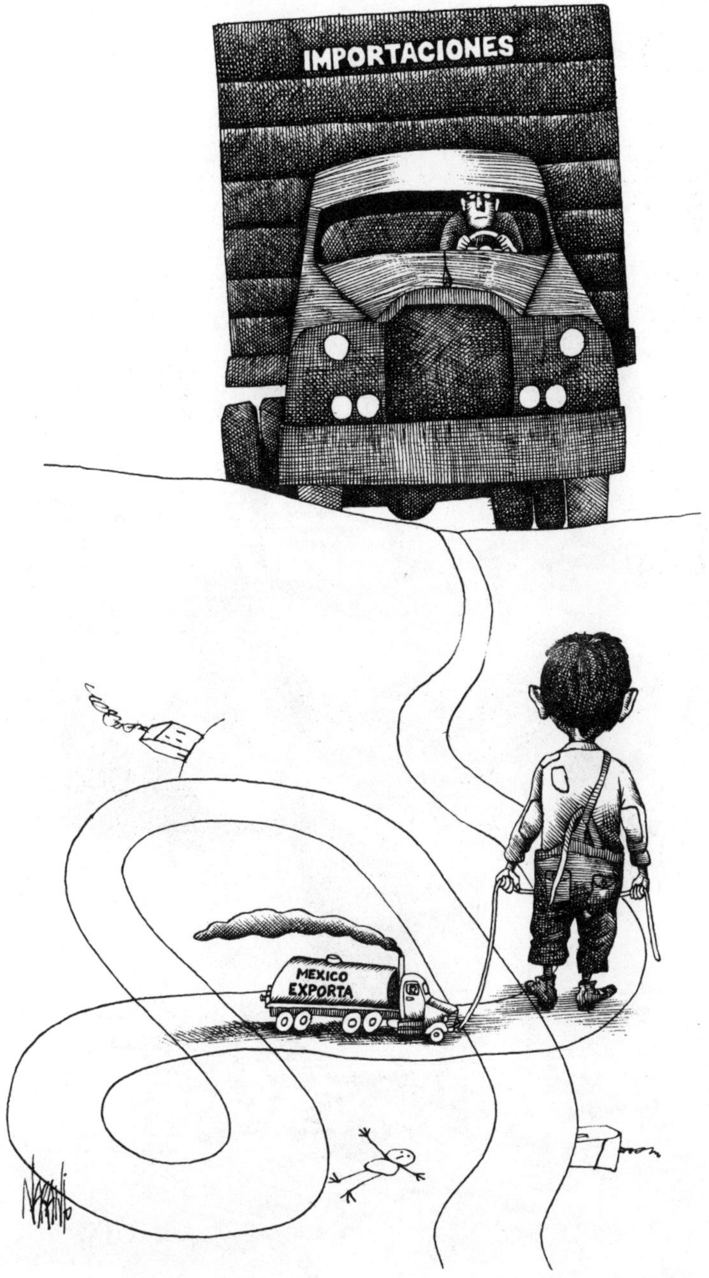
IMPORTACIONES
MEXICO
EXPORTA

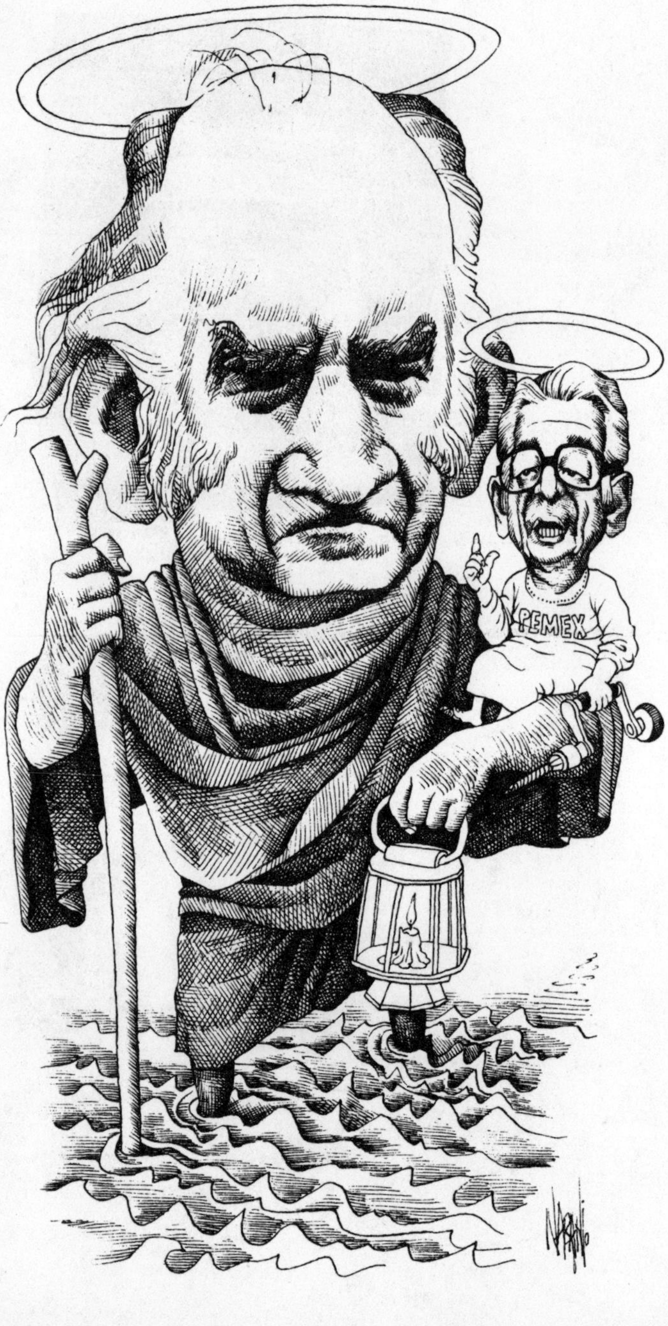
PEMEX

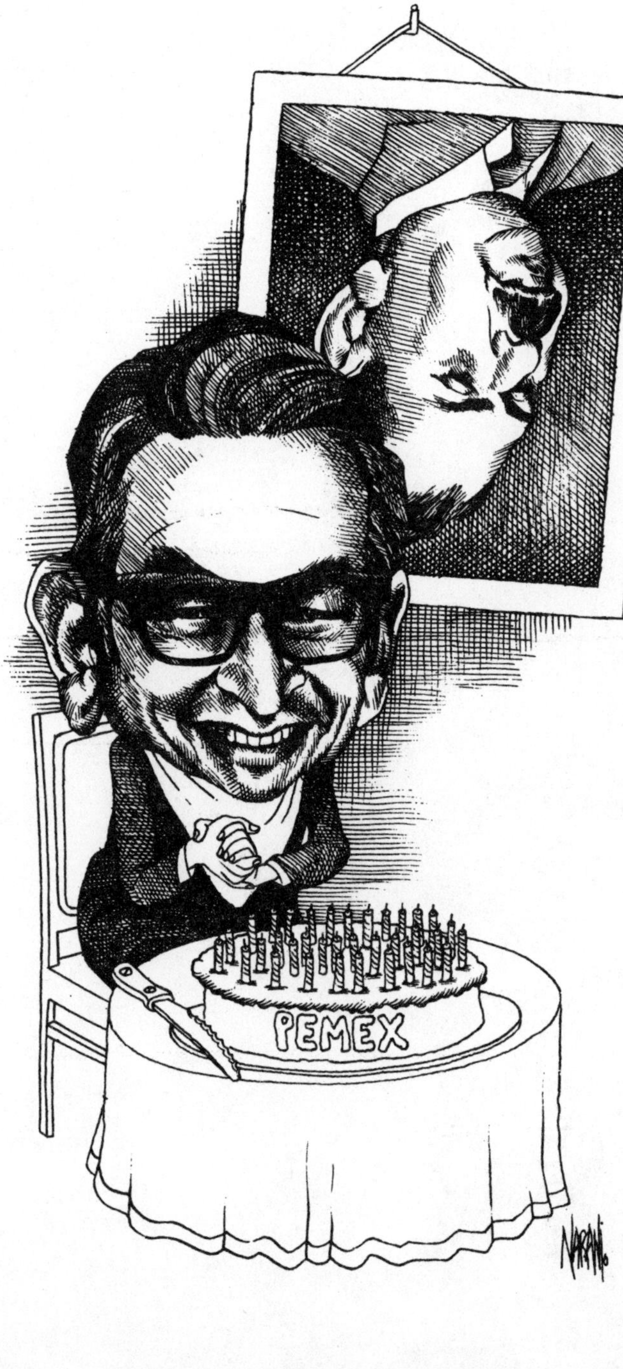
PEMEX

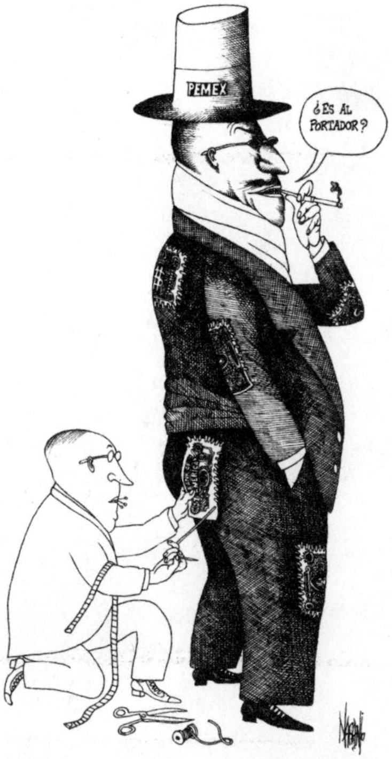
PEMEX
¿ES AL PORTADOR?

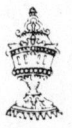

— PAPÁ YA NO QUIERO PETRÓLEO
— ¡CÁLLESE Y SIGA NADANDO!

CAMARA
DE DIPUTADOS
¡A TODÍSIMAS MADRES! ¿CUÁNTAS VECES INGENIERO?
NARANJO

EXPLORACIONES PETROLERAS
trabajos finos

> MAESTRO DÍAZ SERRANO, ¡QUE QUIEREN UNOS AGUJEROS EN COSTA RICA!

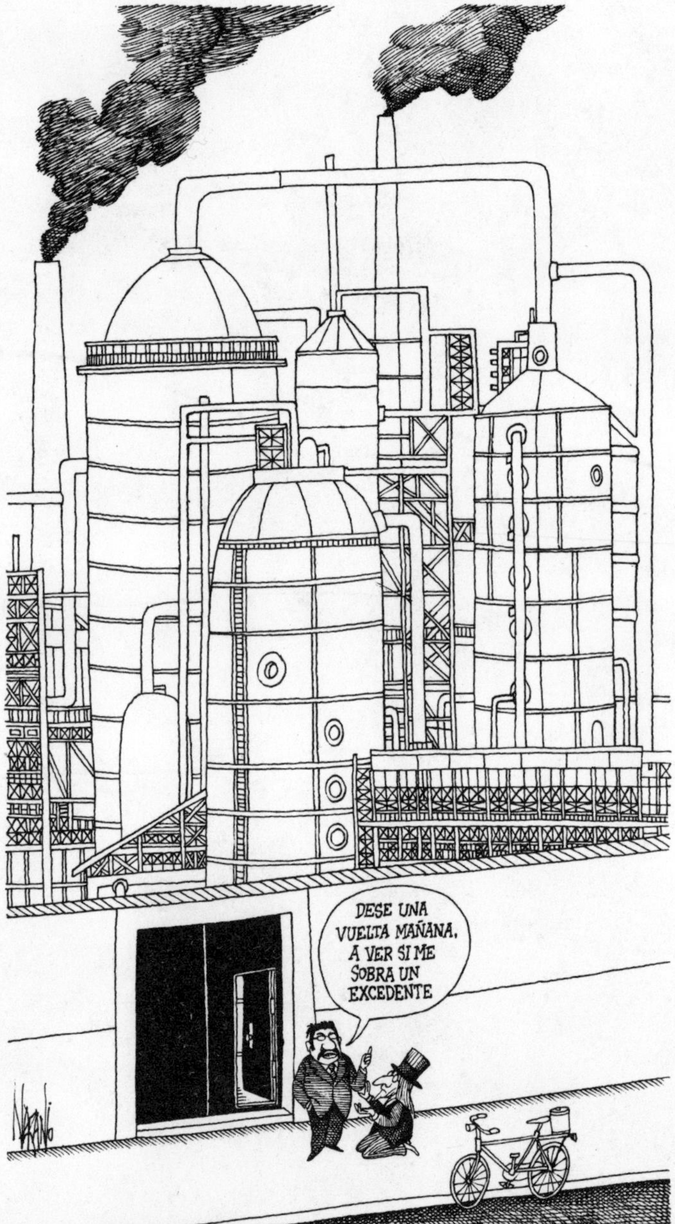
DESE UNA VUELTA MAÑANA, A VER SI ME SOBRA UN EXCEDENTE

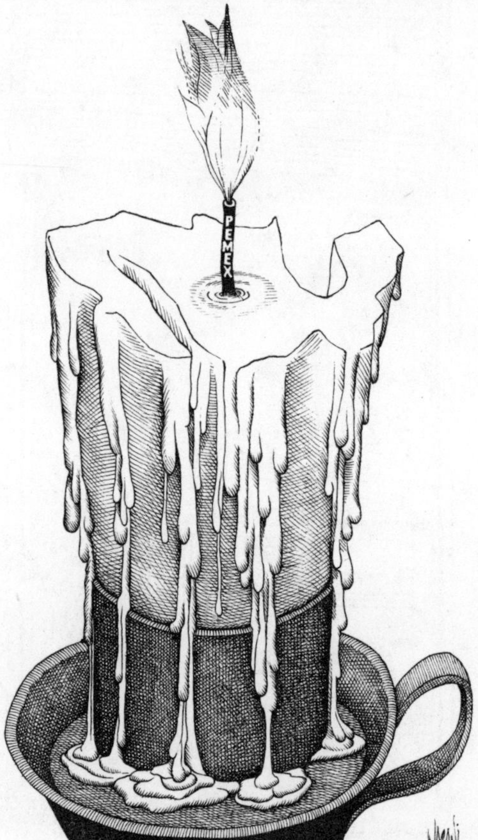
PEMEX

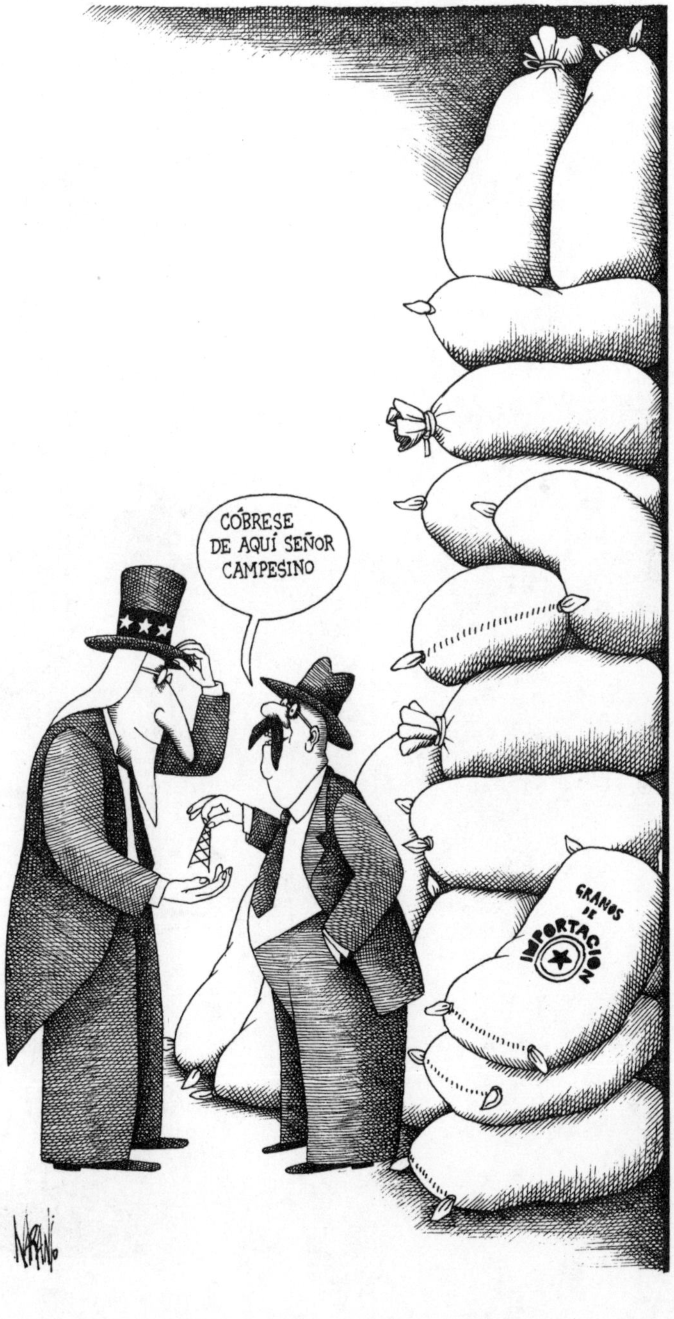
CÓBRESE
DE AQUÍ SEÑOR
CAMPESINO
GRANOS DE IMPORTACION

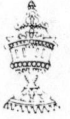

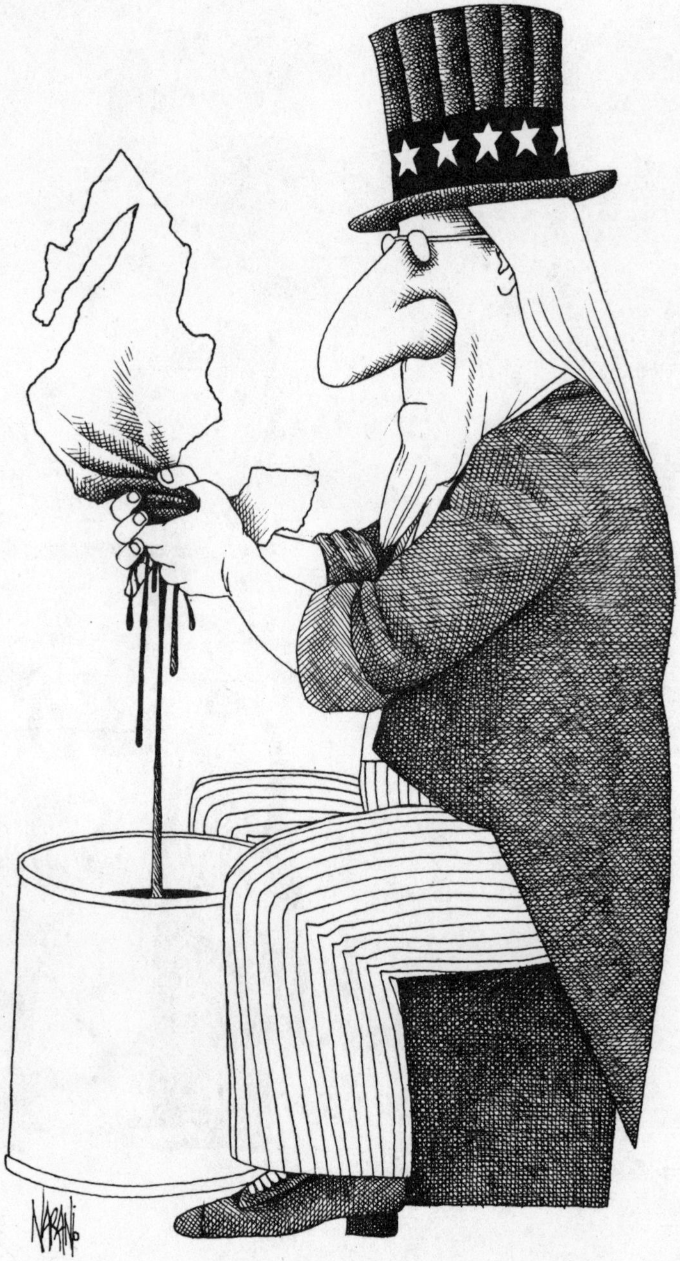
NARANJO

CIENTO DOCE,
CIENTO TRECE,
CIENTO CATORCE,
CIENTO QUINCE...
¡AH CHAMBITA!

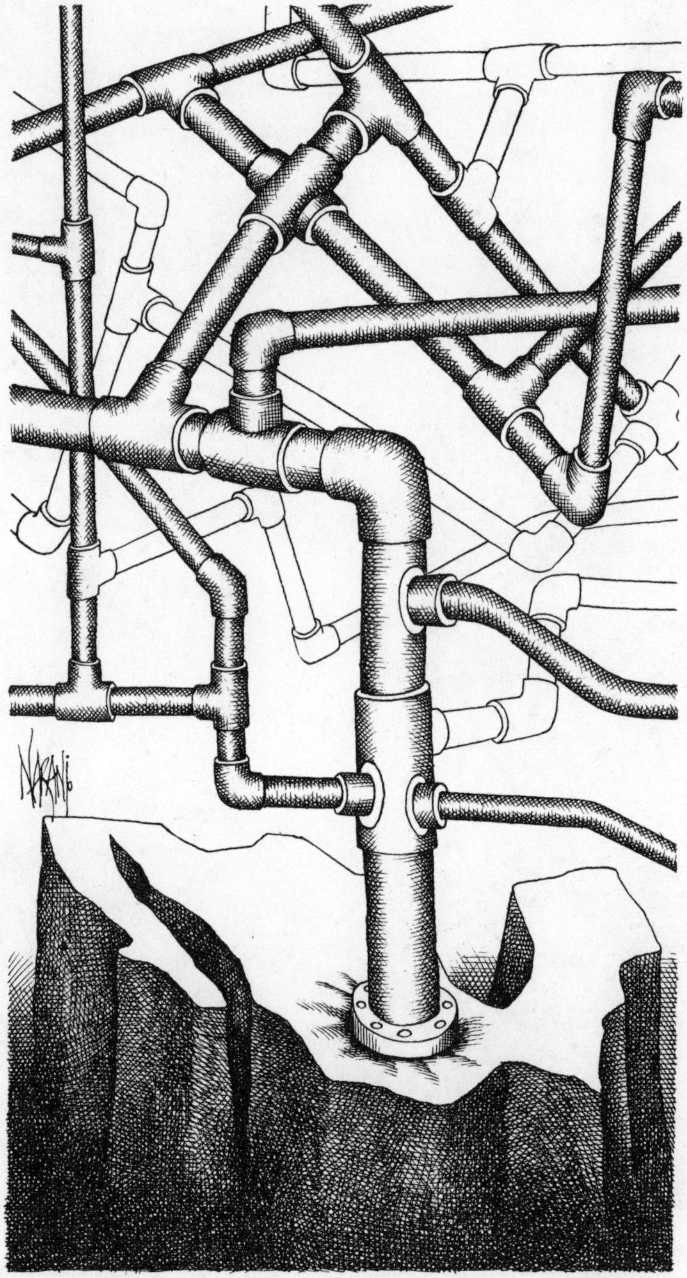

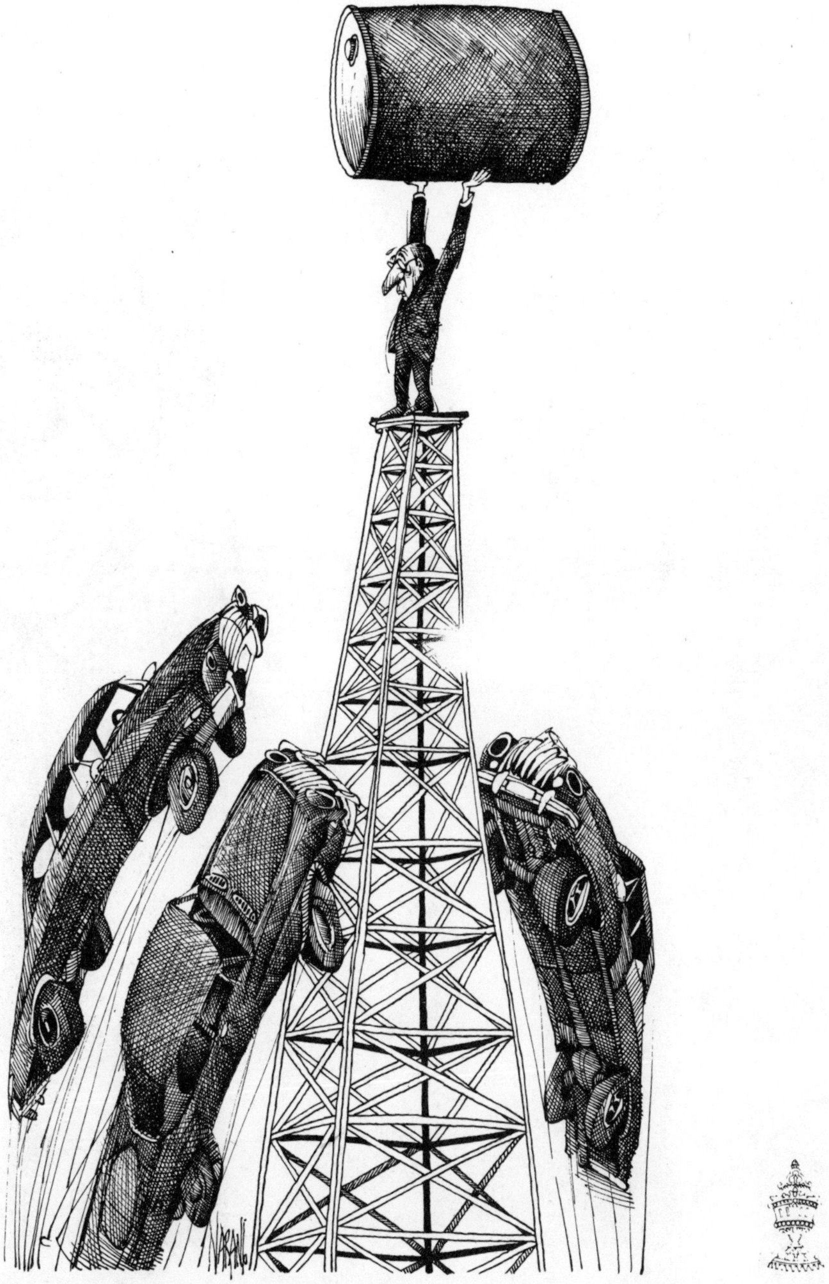

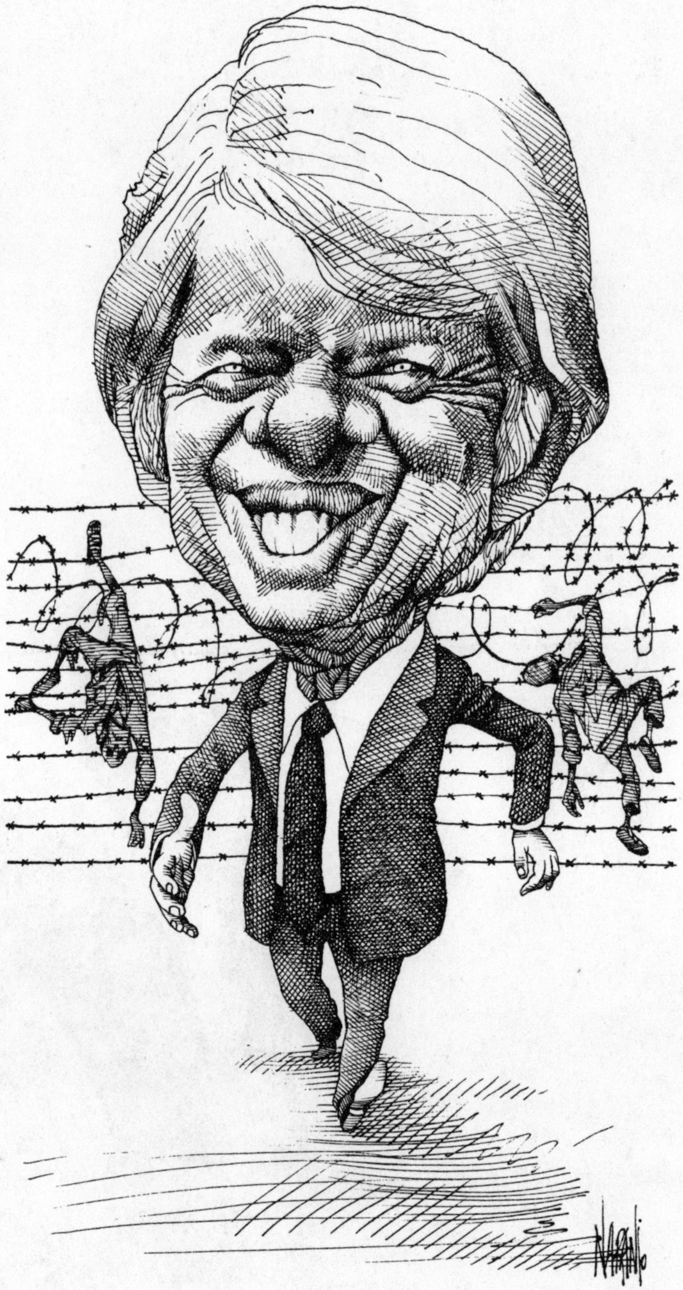

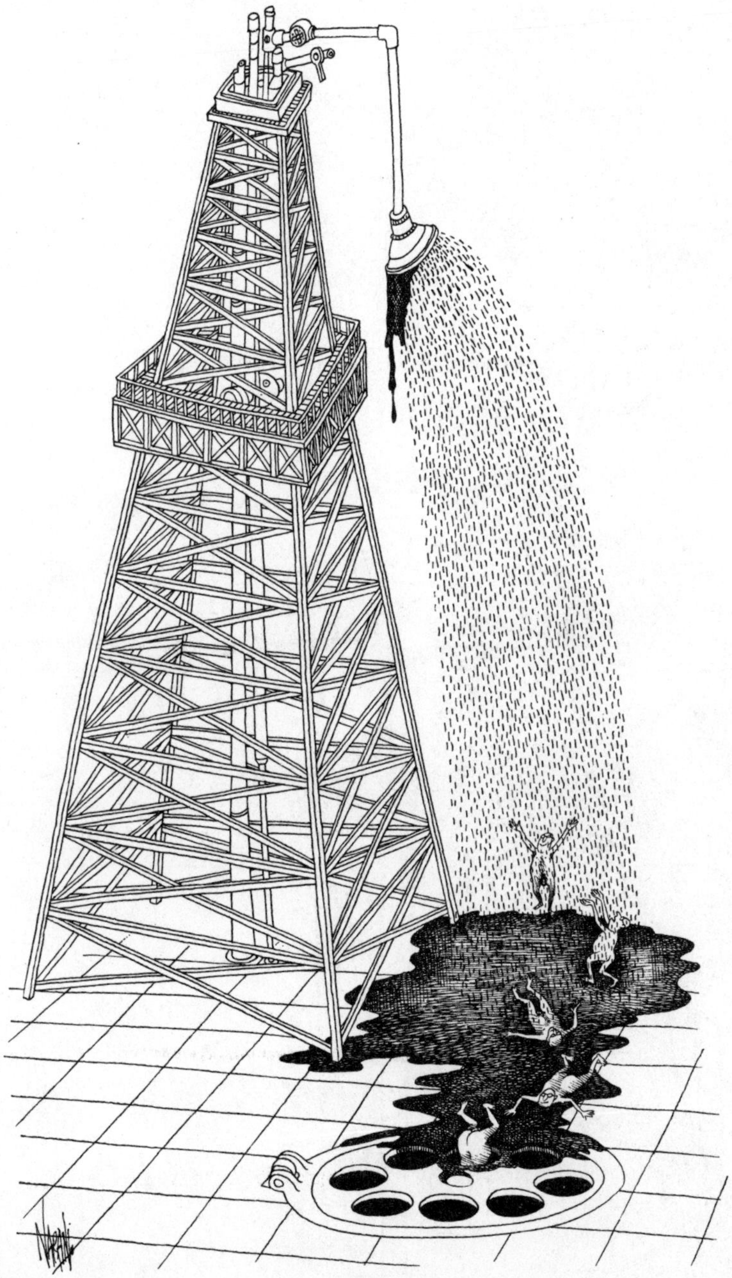

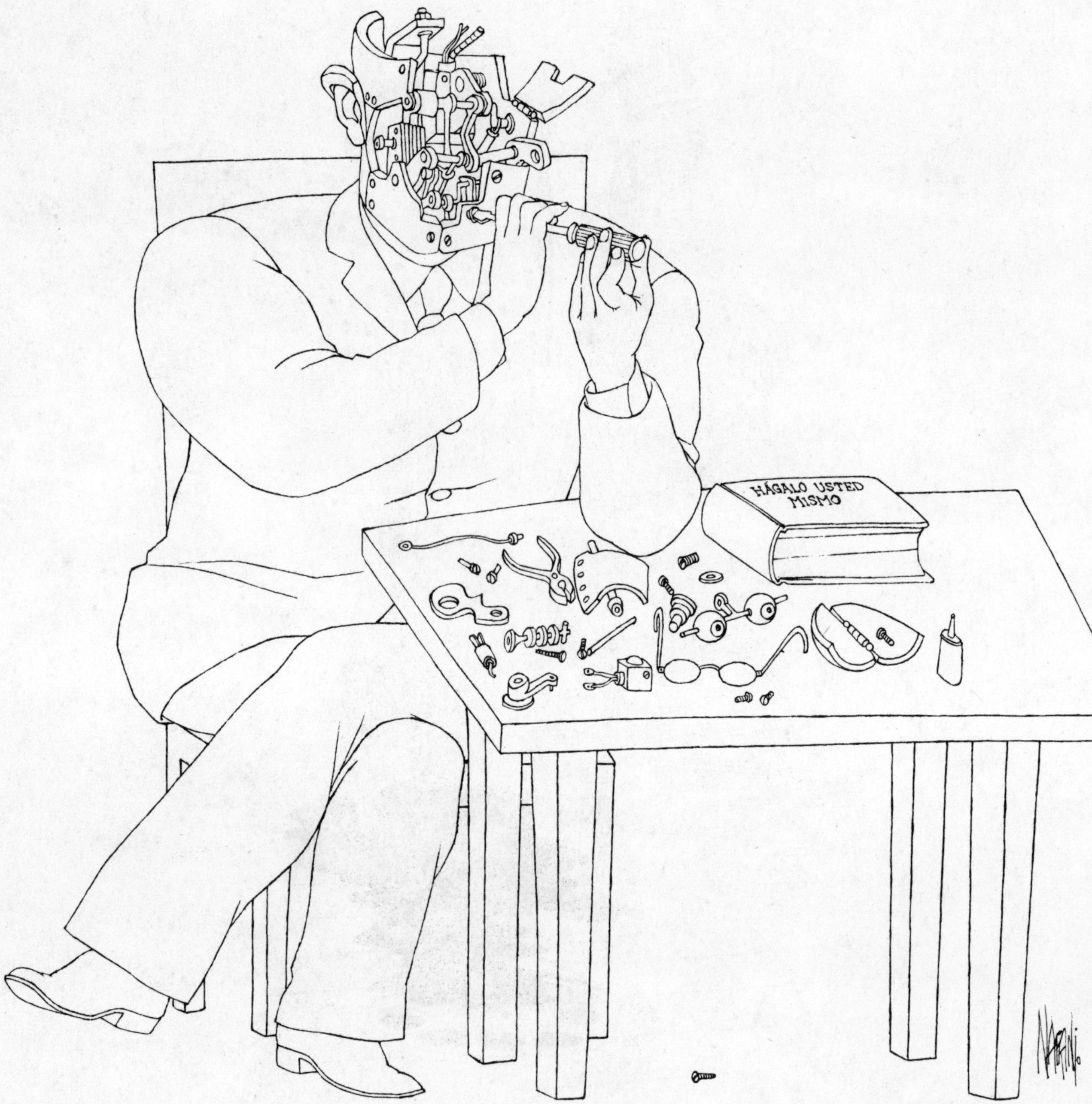
HÁGALO USTED
MISMO

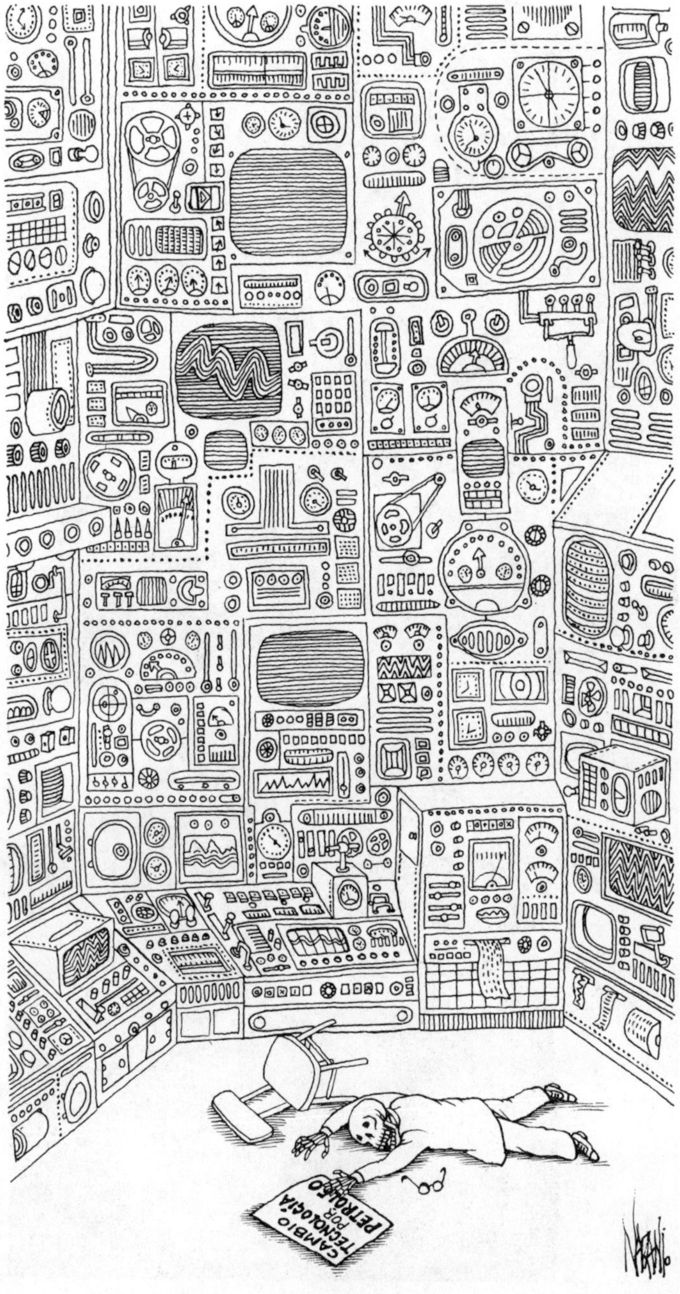
CAMBIO
TECNOLOGÍA
POR
PETRÓLEO

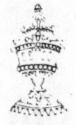

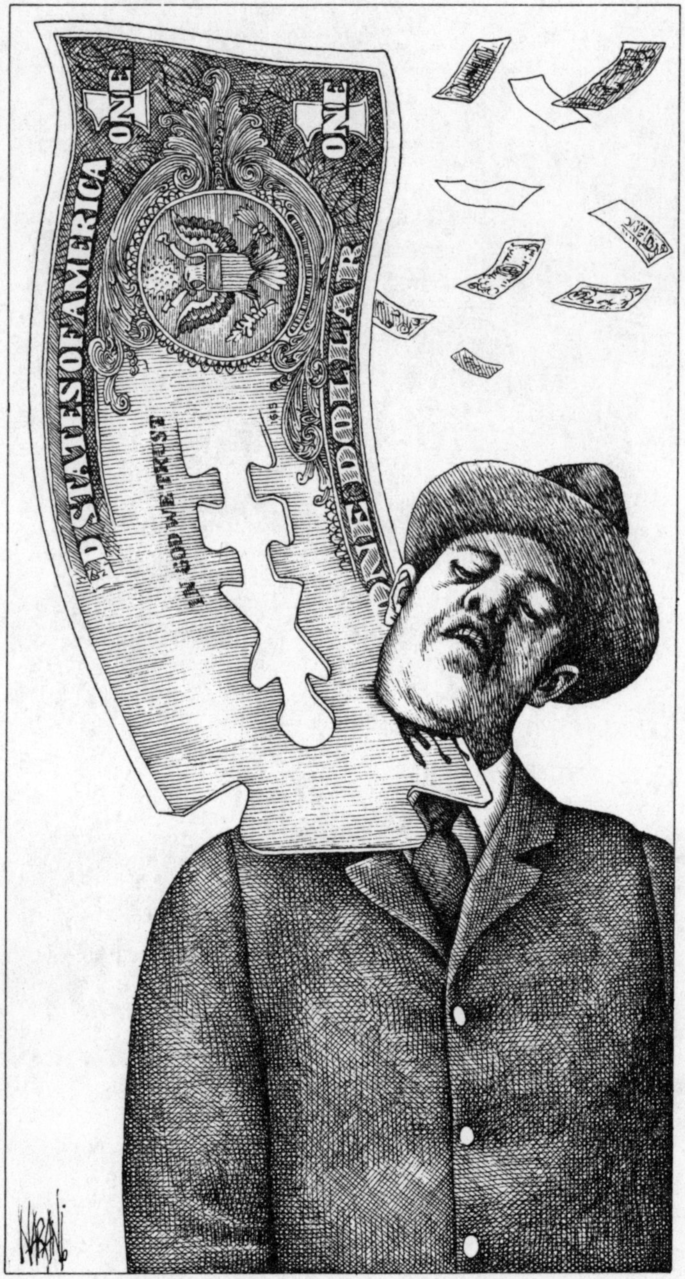
ED STATES OF AMERICA
ONE
ONE
IN GOD WE TRUST
NE DOLLAR

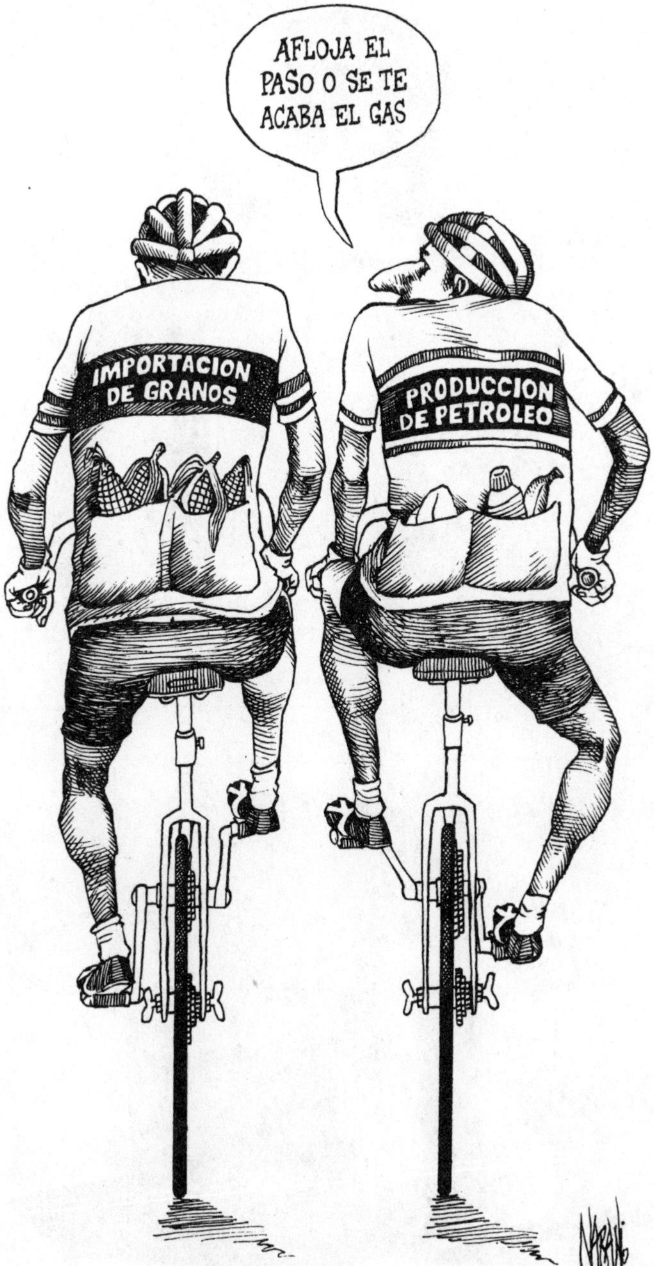
AFLOJA EL PASO O SE TE ACABA EL GAS
IMPORTACION DE GRANOS
PRODUCCION DE PETROLEO

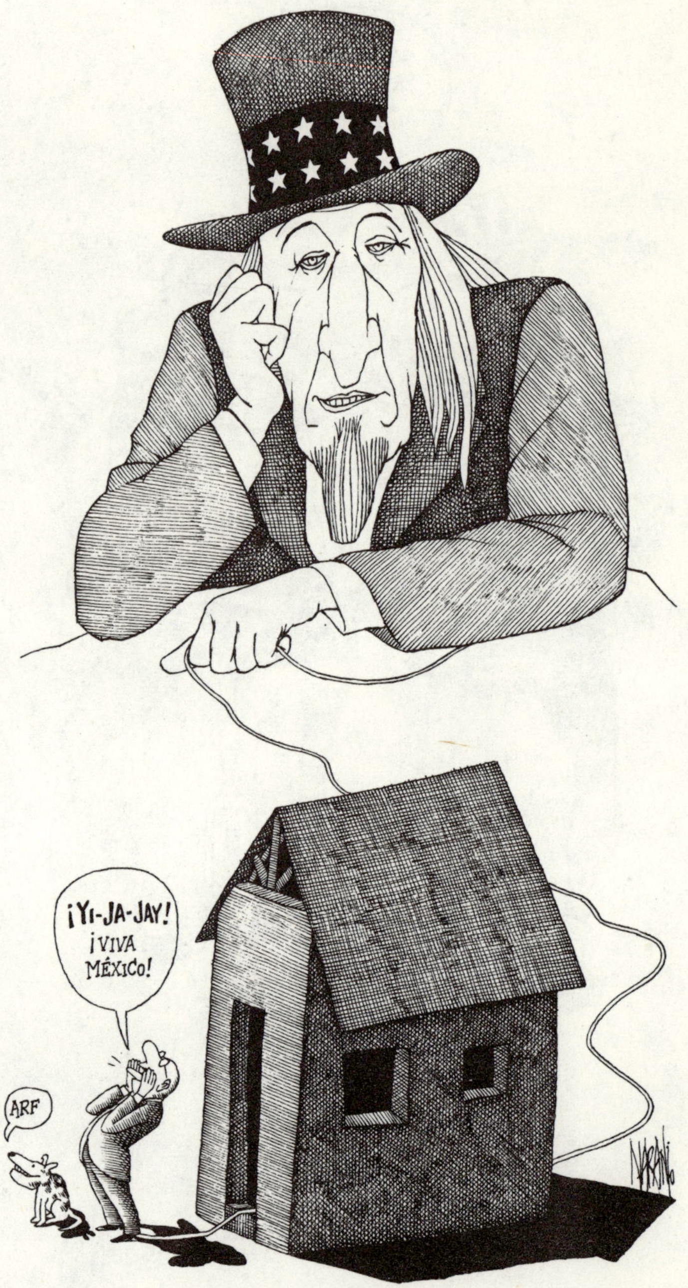
¡YI-JA-JAY!
¡VIVA MÉXICO!
ARF

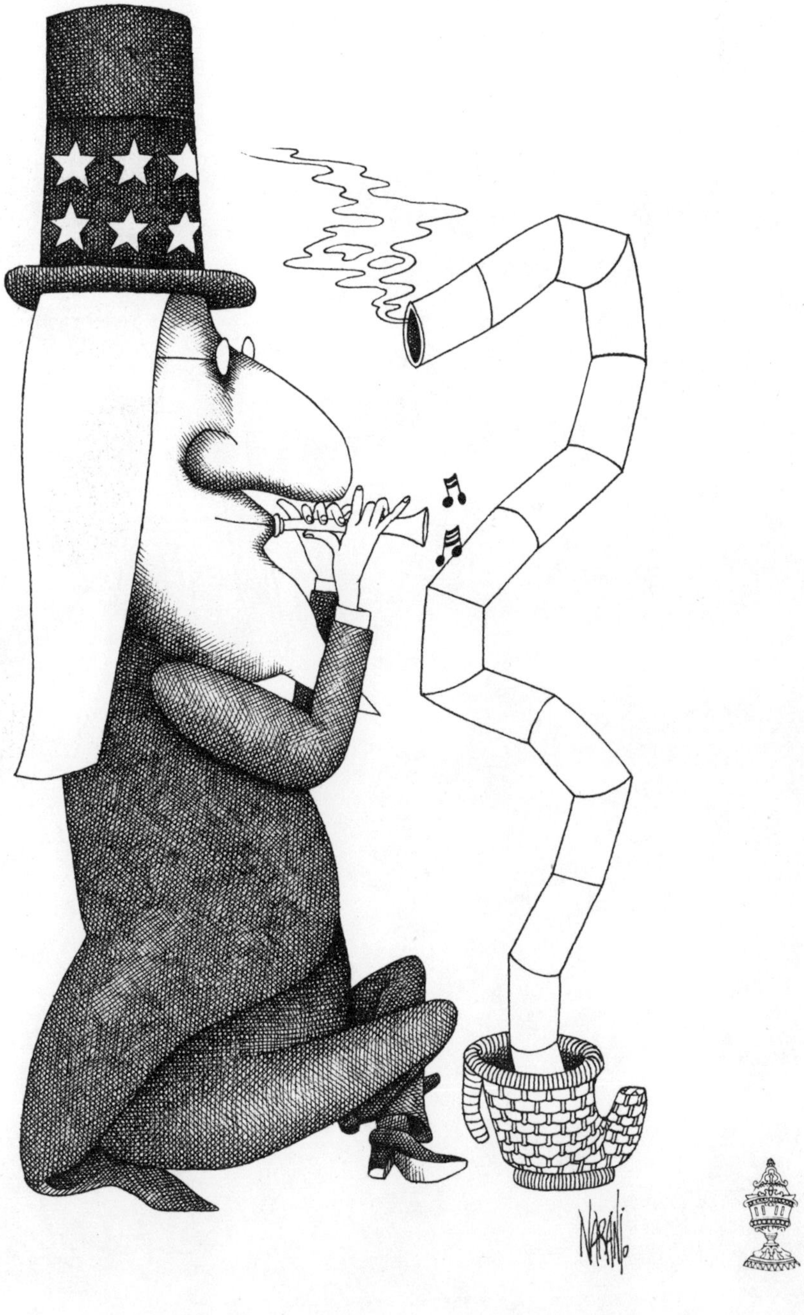

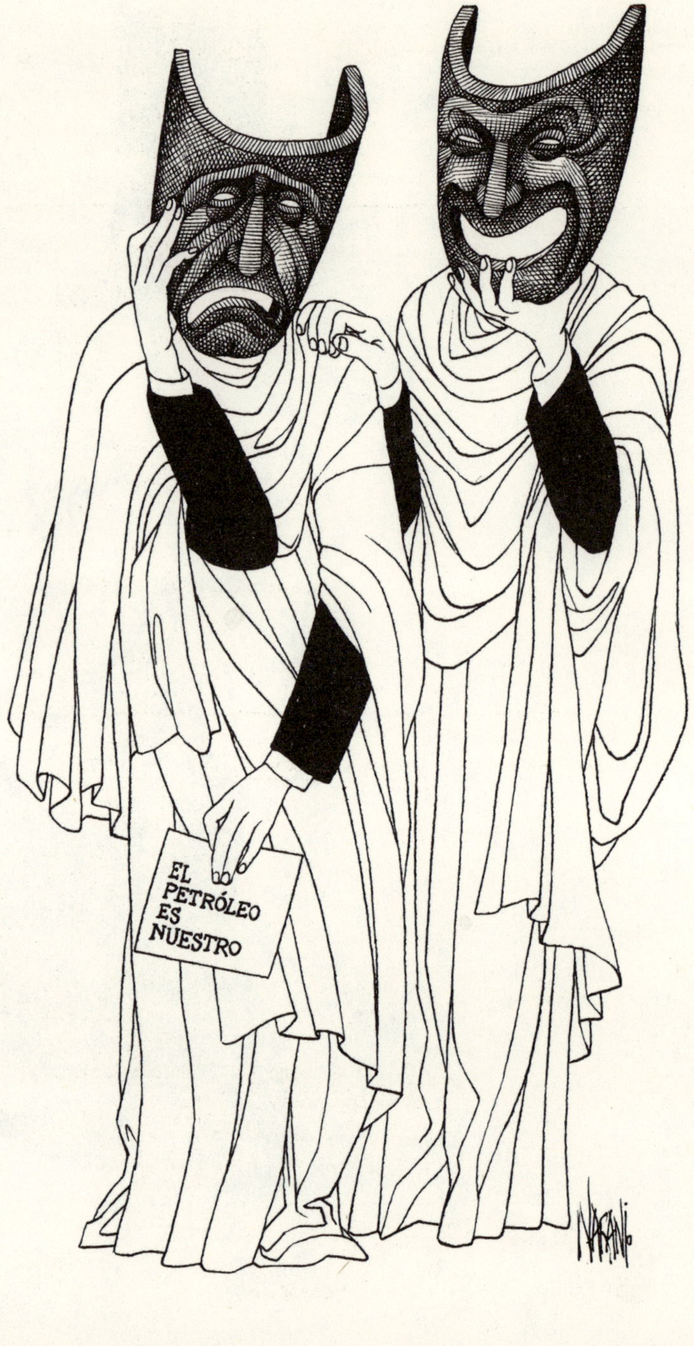
EL
PETRÓLEO
ES
NUESTRO

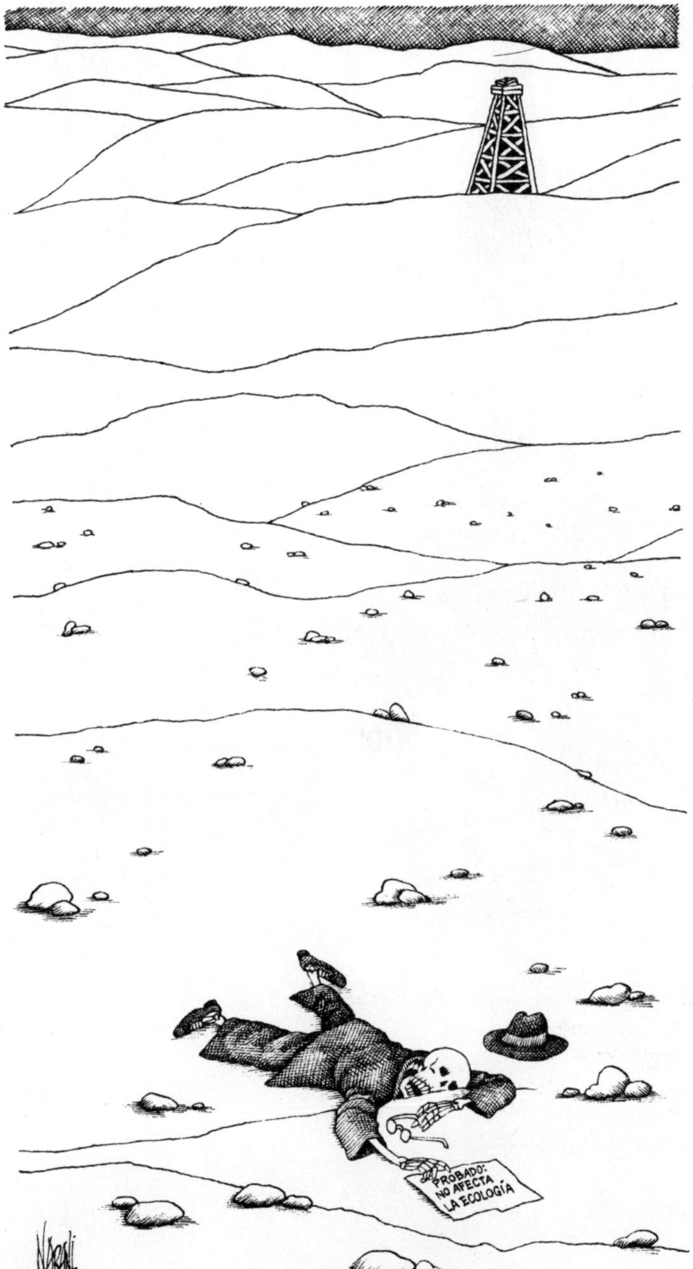
PROBADO:
NO AFECTA
LA ECOLOGÍA

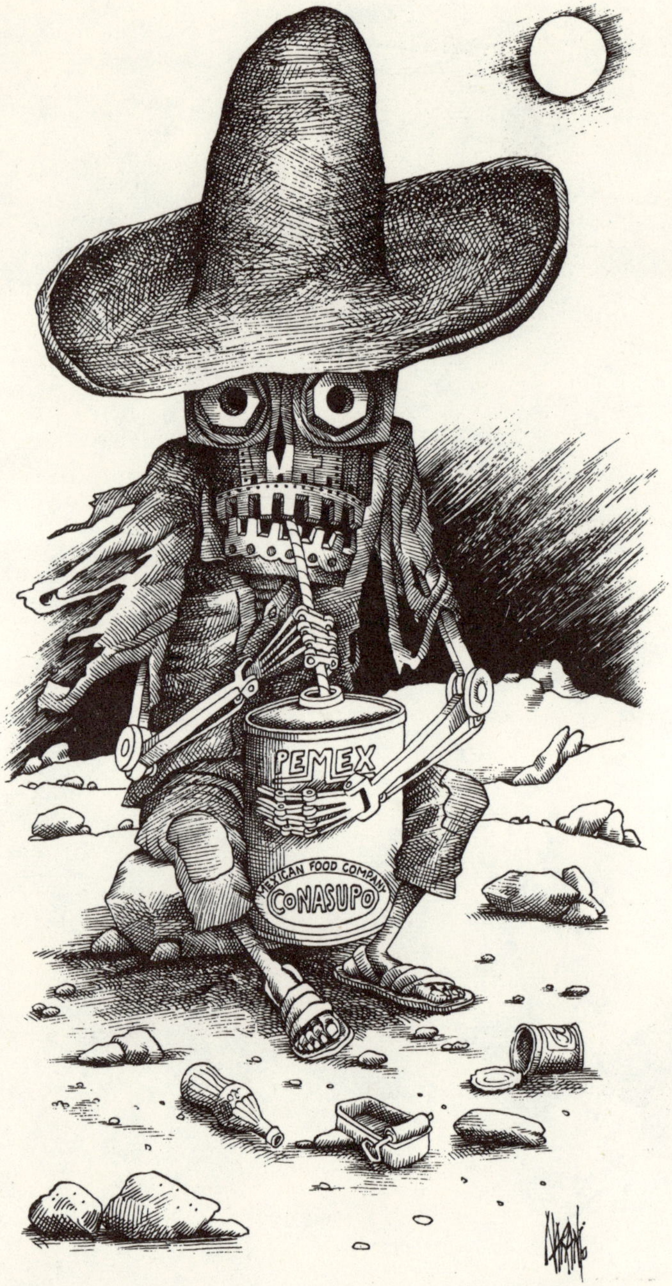
PEMEX
MEXICAN FOOD COMPANY
CONASUPO

¡DURO CONTRA LOS DESINFORMADORES!
FUERA RUMORÓLOGOS
NO QUEREMOS QUIJOTES DE PAJA
¡MUERAN LOS ZARATUSTRAS!
¡ABAJO LOS ENANOS DE TAPANCO!
APÓSTOLES DE OCASIÓN ¡NO!

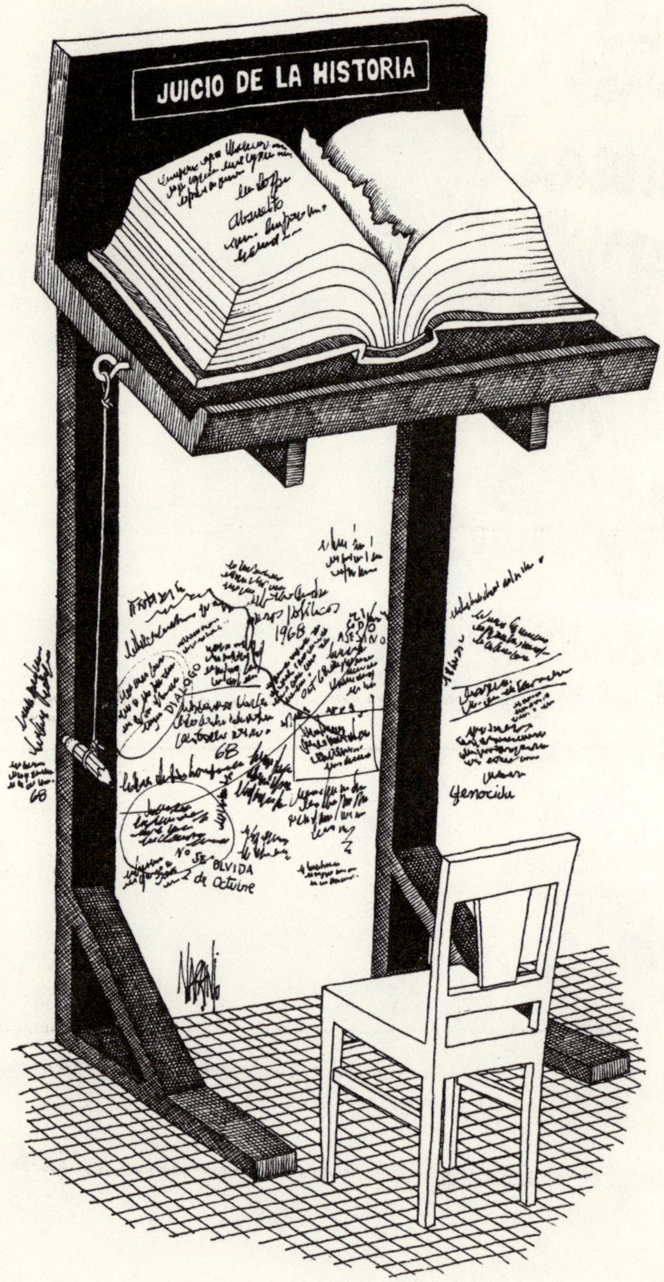

JUICIO DE LA HISTORIA
1968
68
No se olvida 2 de octubre
Genocida

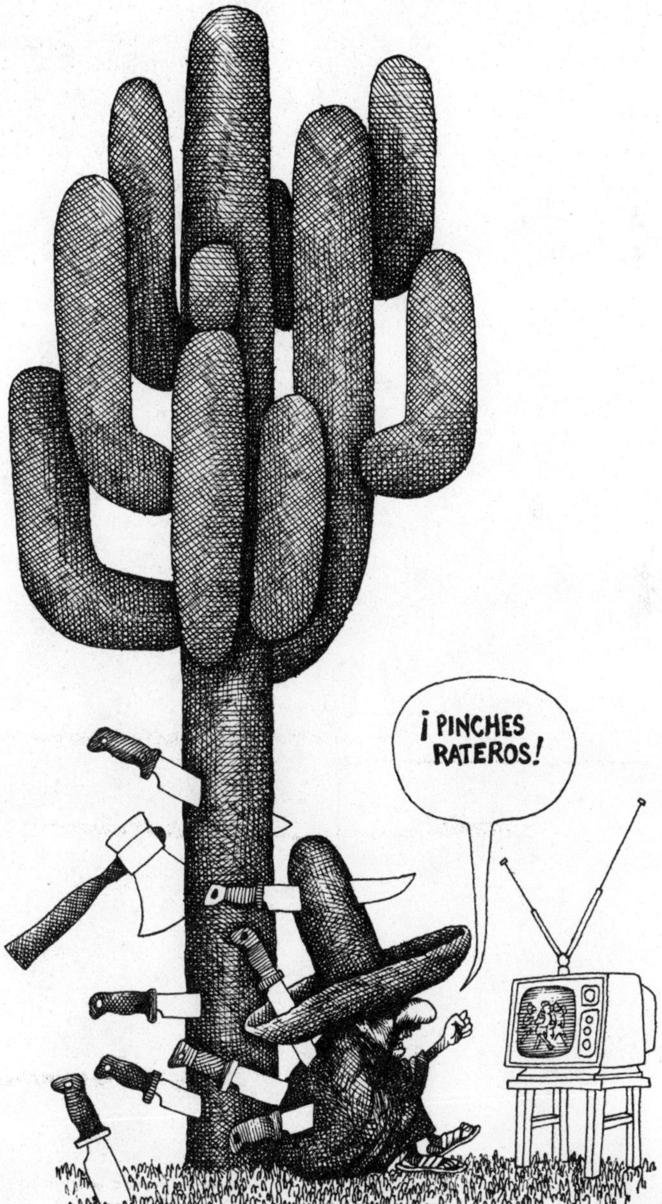
¡PINCHES RATEROS!

ESPADAS

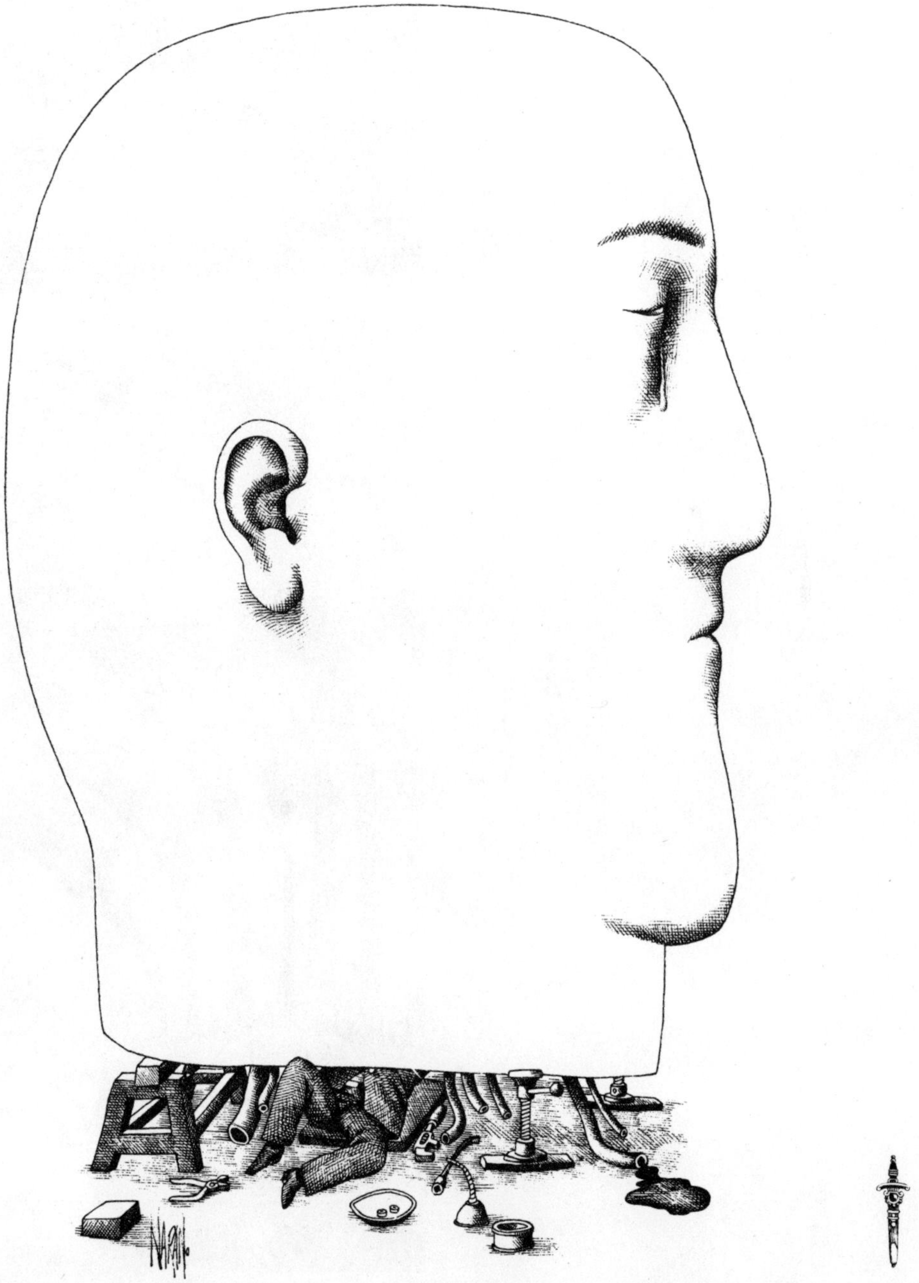

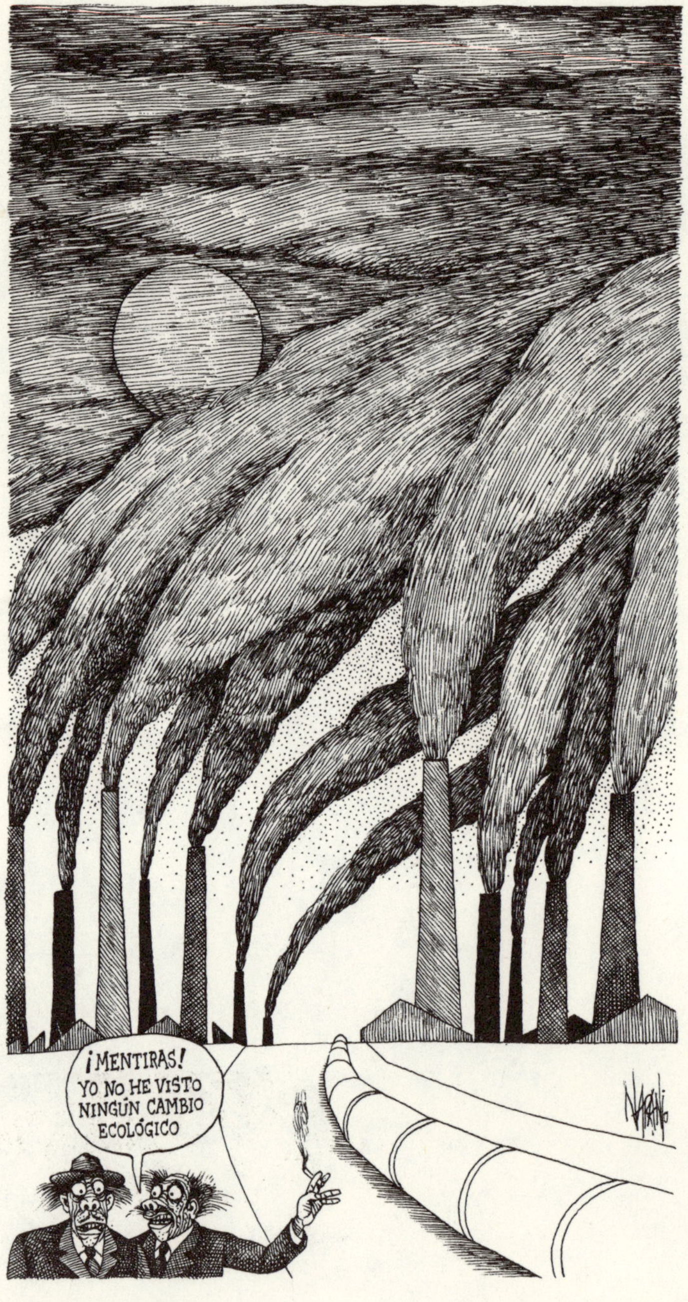
¡MENTIRAS!
YO NO HE VISTO
NINGÚN CAMBIO
ECOLÓGICO

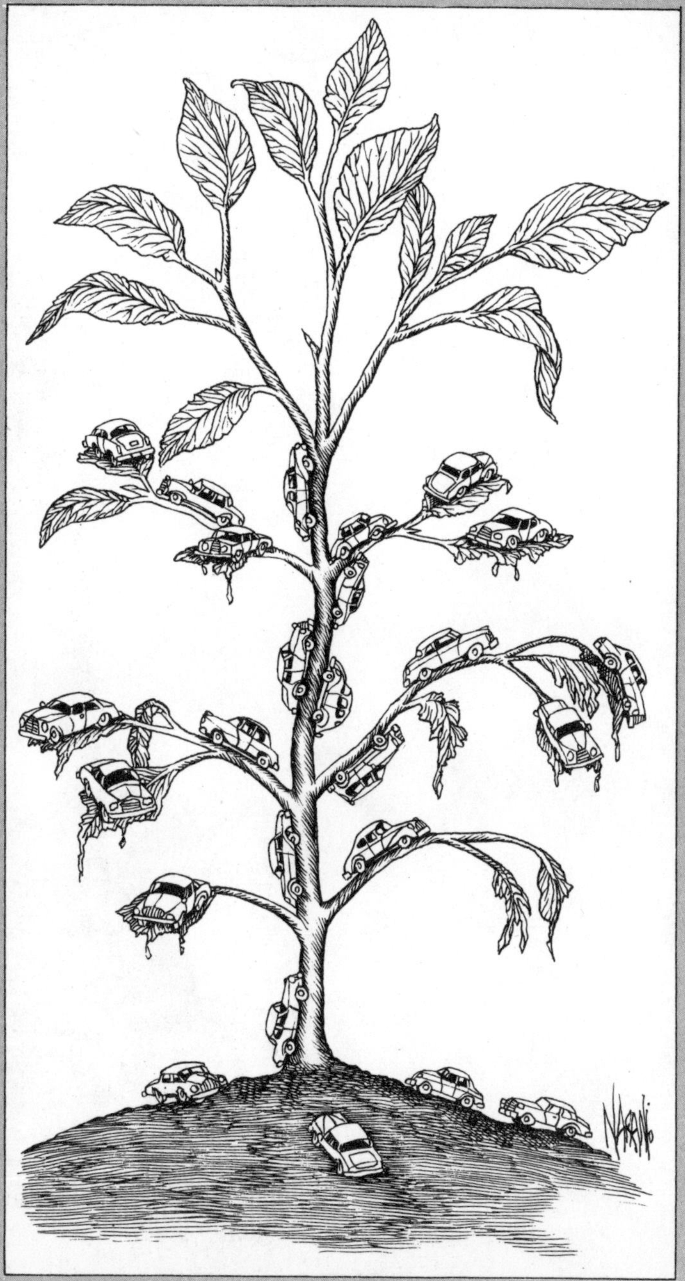

HERMANOS, ABRID LOS OJOS Y PREPARAOS PARA LA OTRA VIDA

EL CRECIMIENTO DE LA CIUDAD NO SE VA A DETENER FRENTE A SU BARRACA

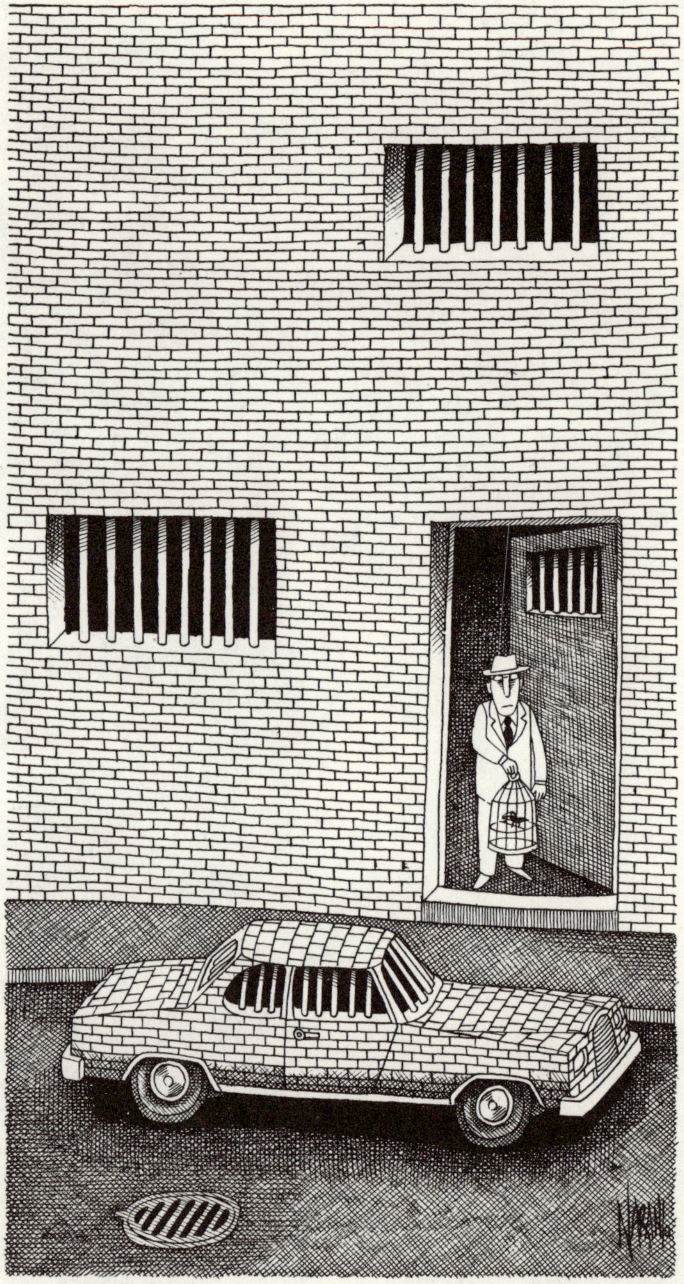

¡ES UN TIPAZO!
SI LE DAN CHANCE
NOS VA A PROGRAMAR
HASTA EL AÑO...
DIEZMIL

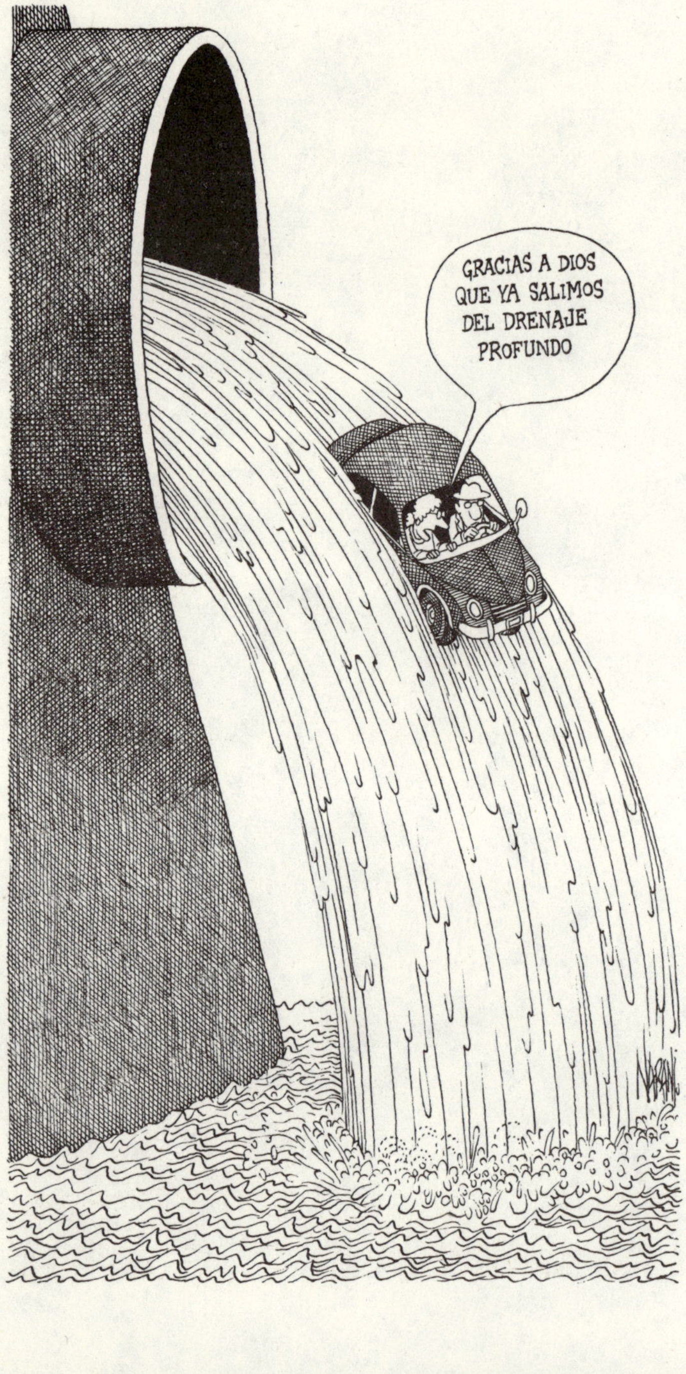
GRACIAS A DIOS QUE YA SALIMOS DEL DRENAJE PROFUNDO

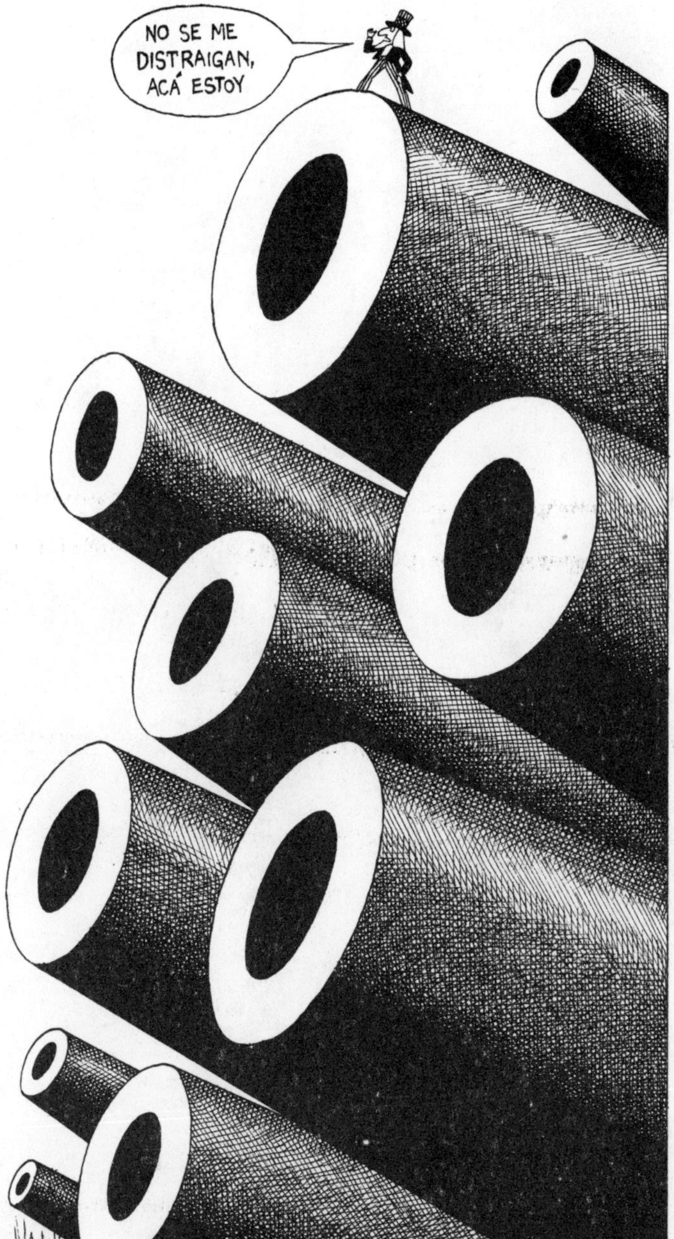
NO SE ME DISTRAIGAN, ACÁ ESTOY

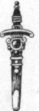

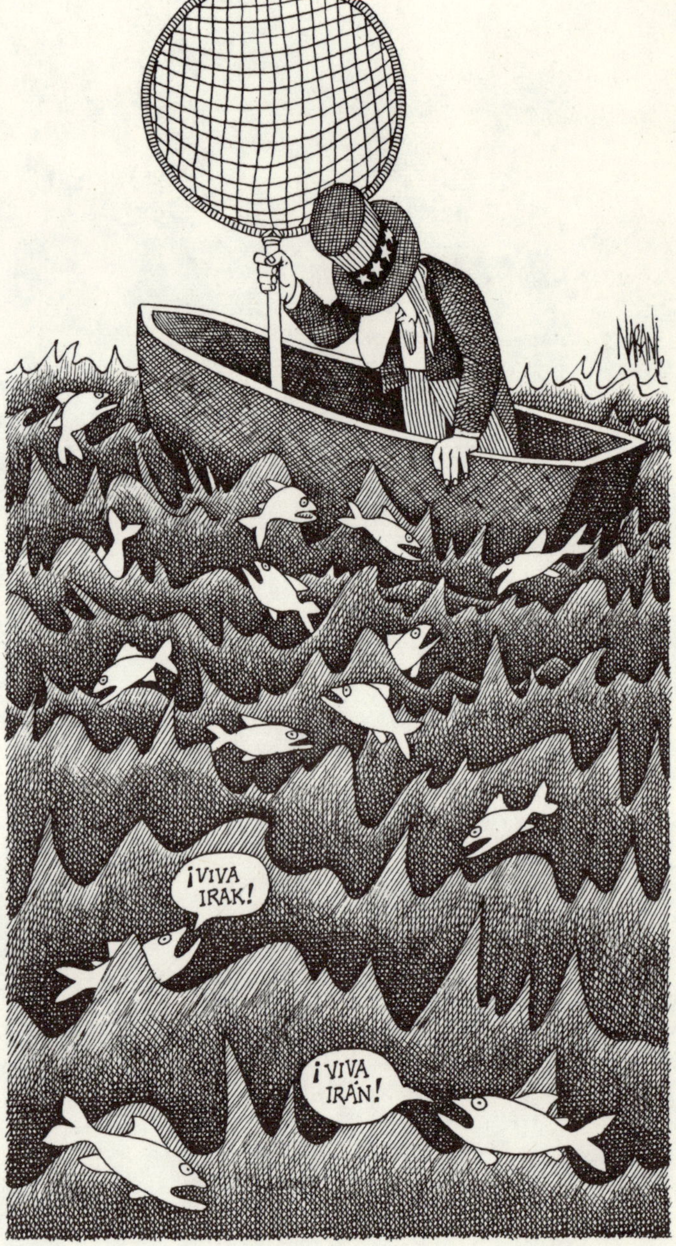
NARANJO
¡VIVA IRAK!
¡VIVA IRÁN!

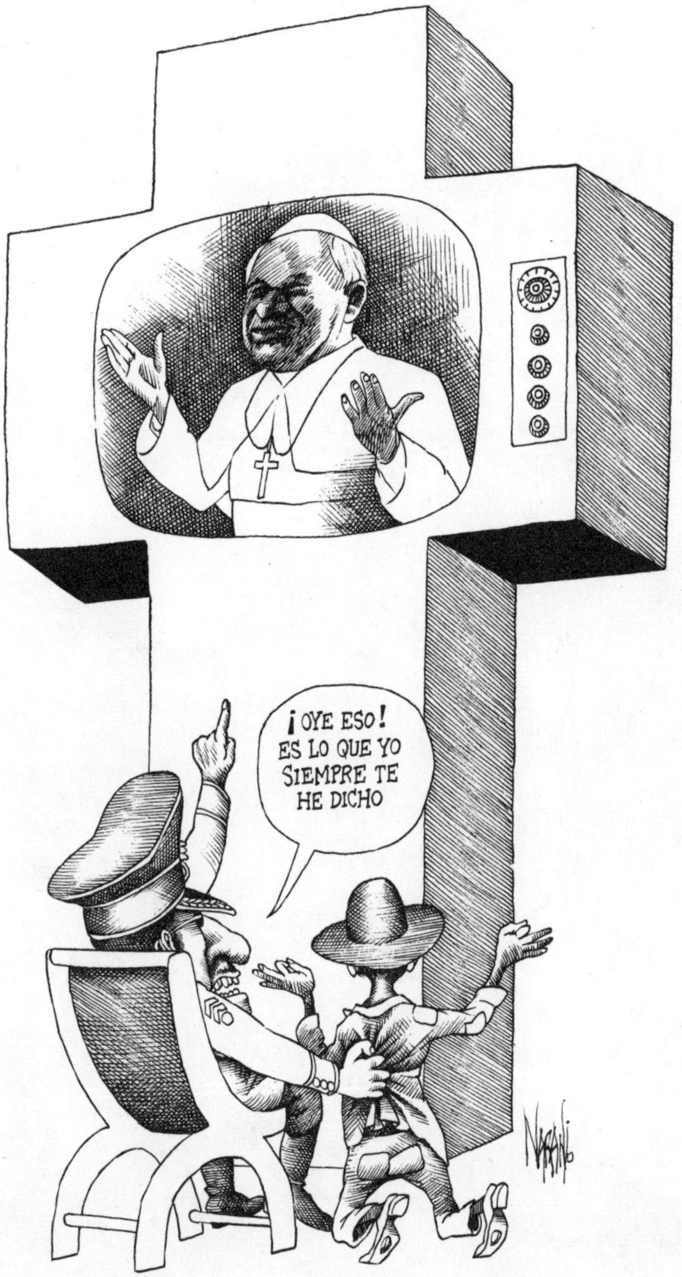
¡OYE ESO! ES LO QUE YO SIEMPRE TE HE DICHO

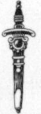

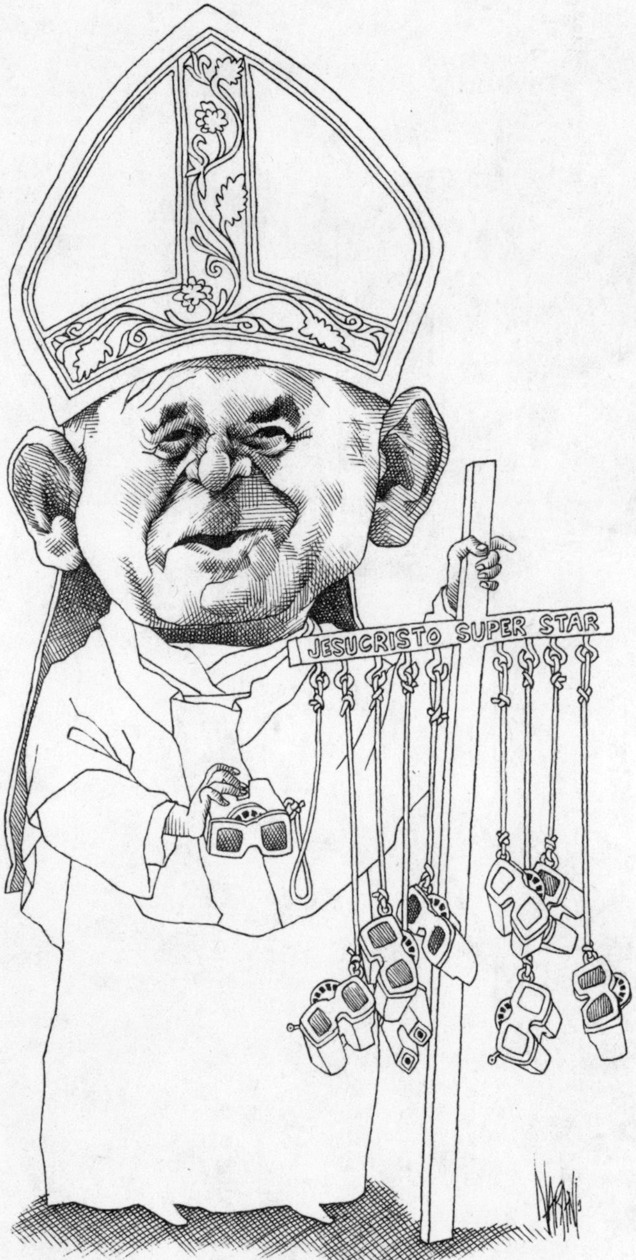
JESUCRISTO SUPER STAR

¿SEÑAS PARTICULARES? NINGUNA

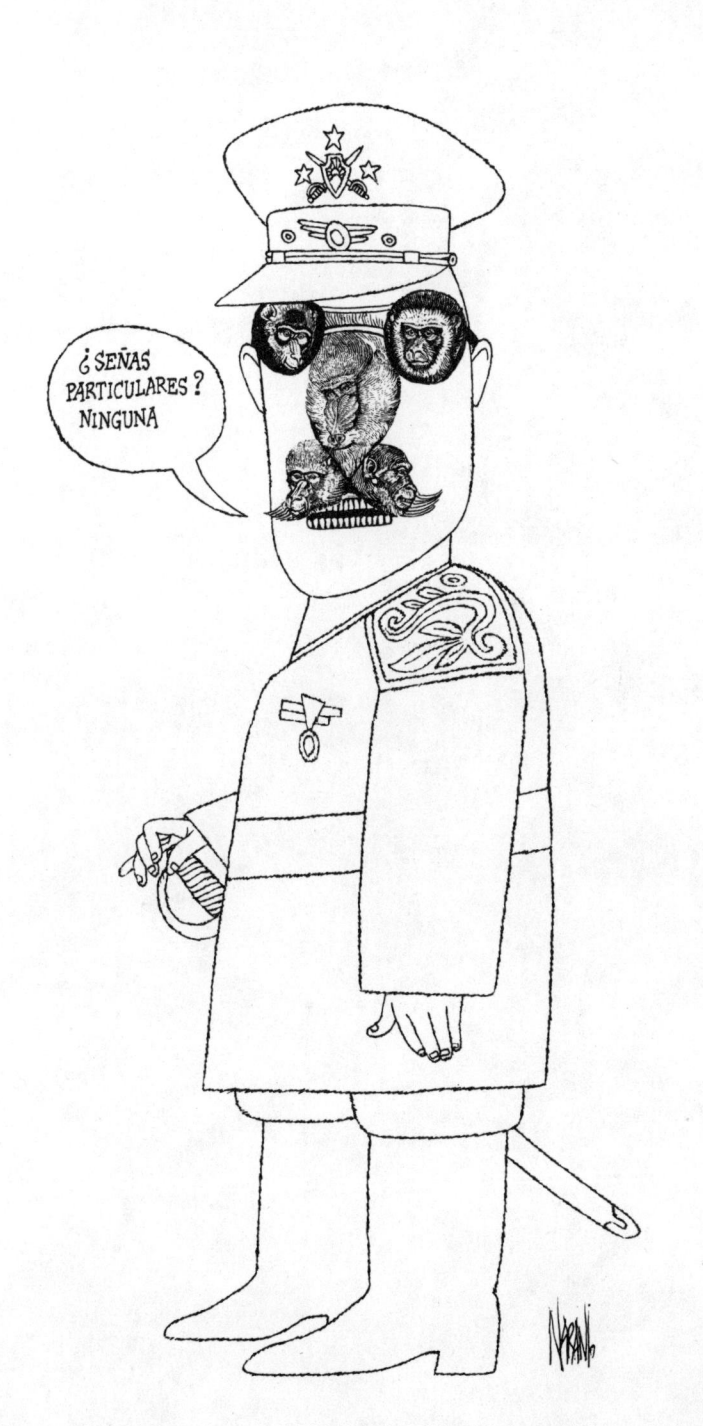

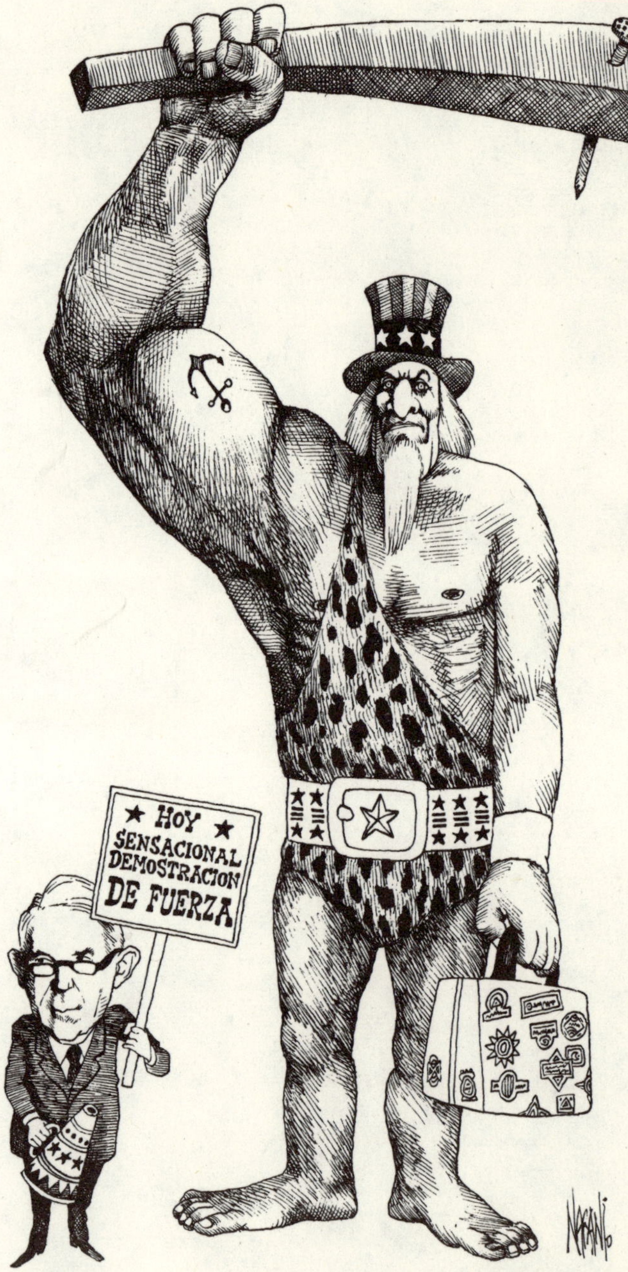
★ HOY ★
SENSACIONAL
DEMOSTRACION
DE FUERZA

VUELA, VUELA PALOMITA....
URUGUAY
CHILE
ARGENTINA
DERECHOS HUMANOS

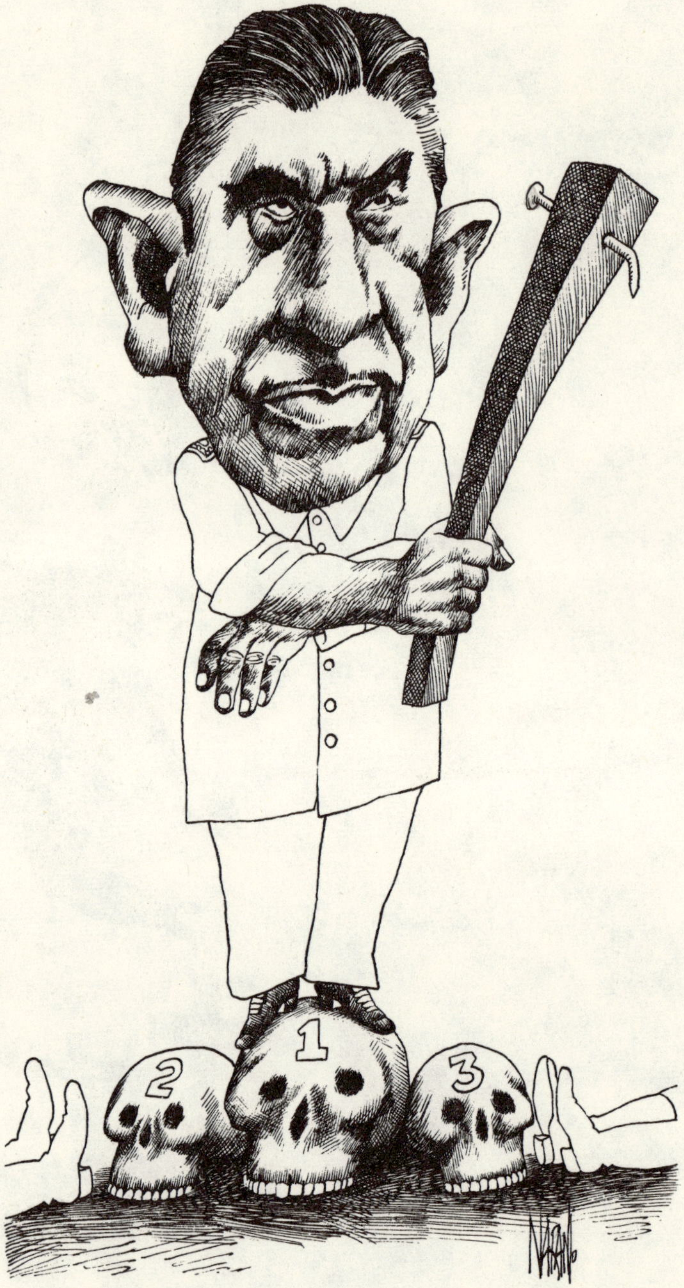
1
2
3

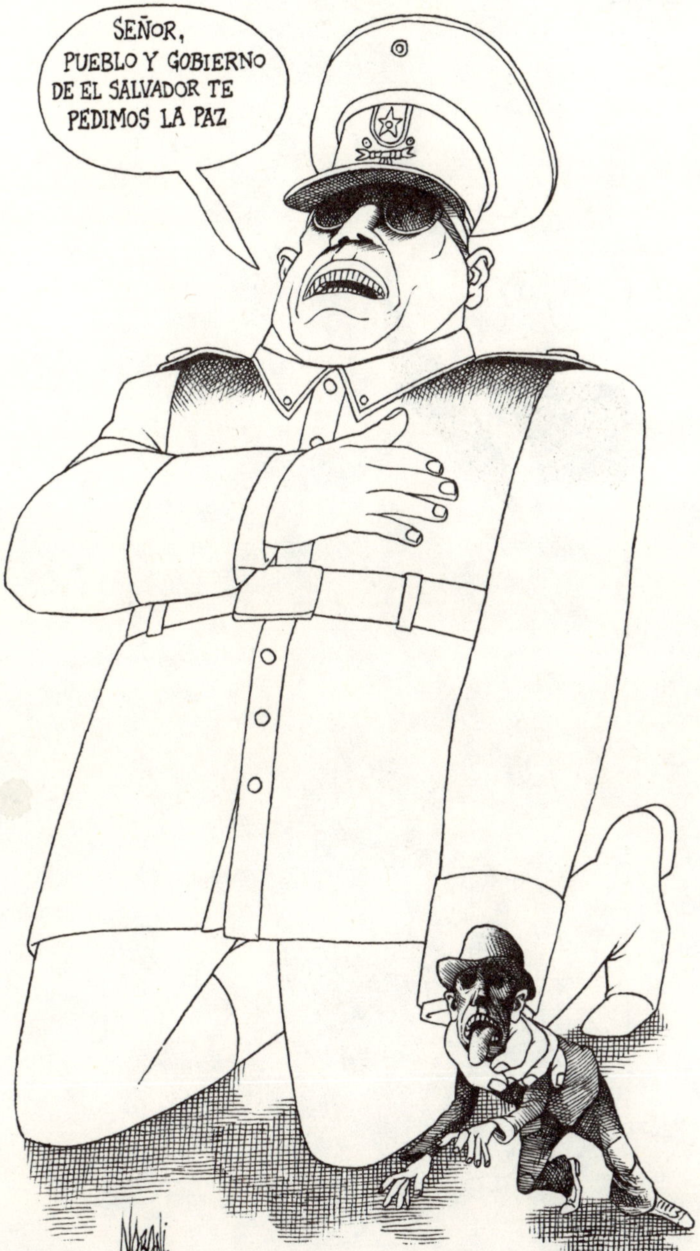
SEÑOR, PUEBLO Y GOBIERNO DE EL SALVADOR TE PEDIMOS LA PAZ

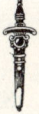

EL SALVADOR

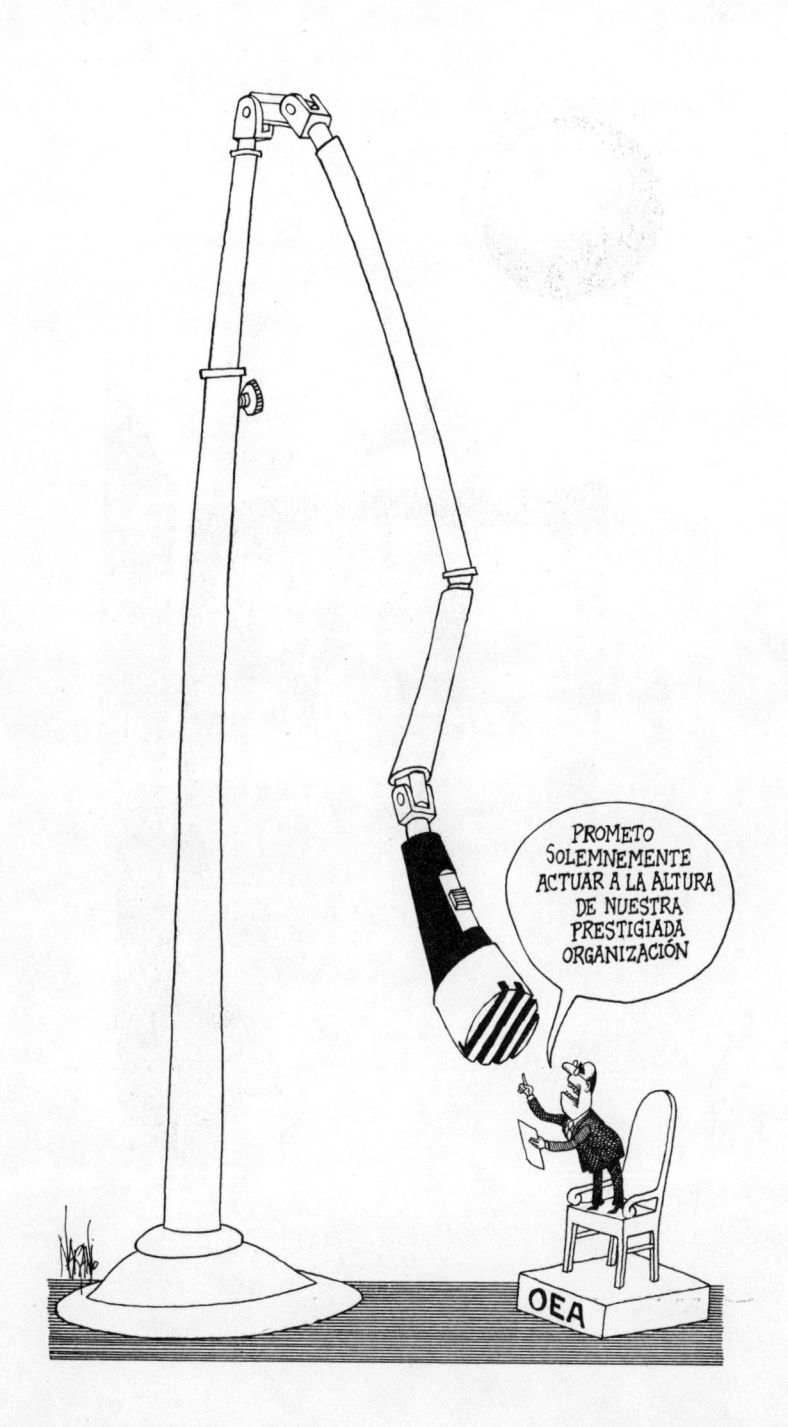

"PROMETO SOLEMNEMENTE ACTUAR A LA ALTURA DE NUESTRA PRESTIGIADA ORGANIZACIÓN"

OEA

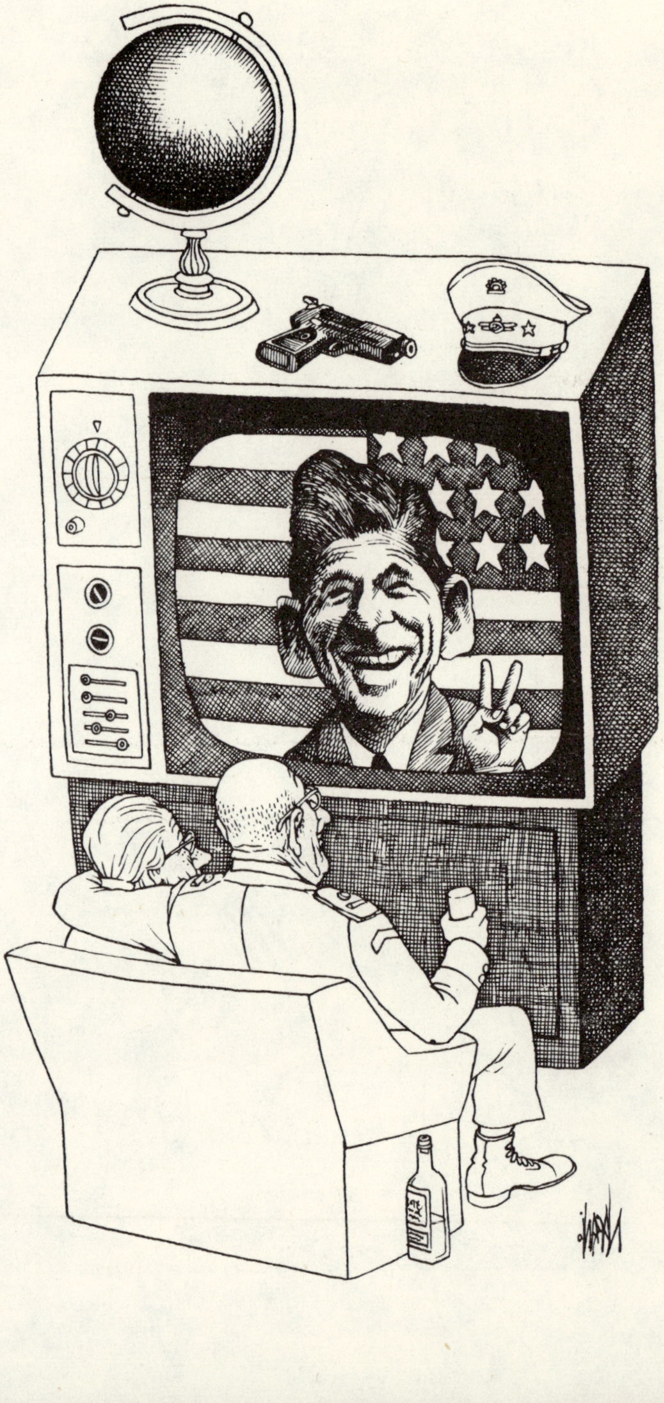

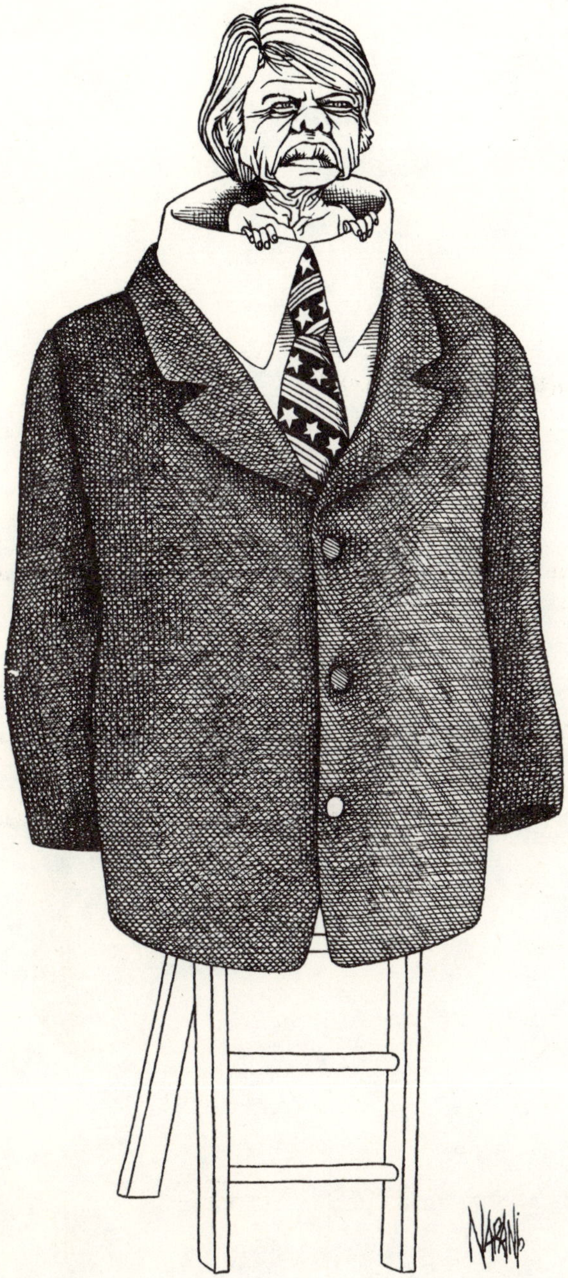

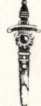

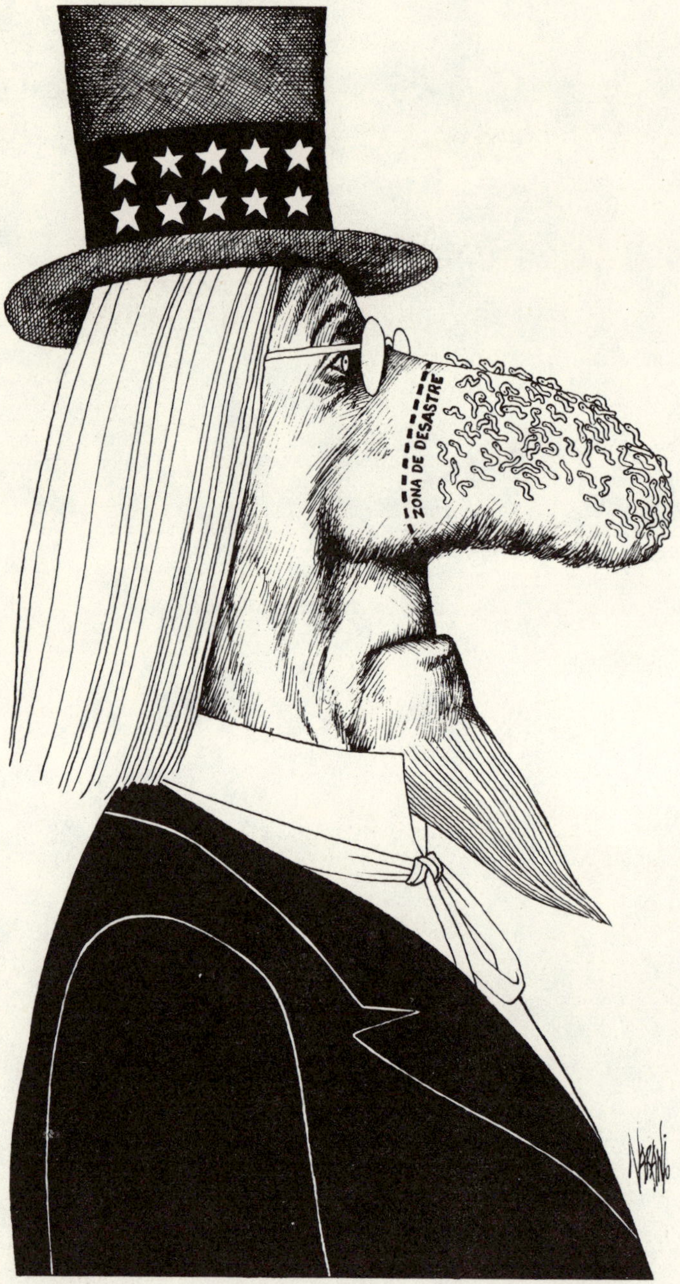
ZONA DE DESASTRE

DEBERÍAN DARLE EL PREMIO NOBEL
PAZ SOLO CON PODERIO: HAROLD BROWN
NARANJO

PORQUE NO TENEMOS NADA..... TODO LO TENEMOS QUE HACER.

ÍNDICE DE PERSONAJES

Lázaro Cárdenas, ex presidente de los Estados Unidos Mexicanos, 163, 166
James Carter, presidente de los Estados Unidos de América, 174, 211
Jorge Díaz Serrano, director general de Petróleos Mexicanos, 162, 163
Alberto Escofet, director general de la Comisión Federal de Electricidad, 123
Rubén Figueroa, gobernador del estado de Guerrero, 94
Joaquín Gamboa Pascoe, senador, 81
David Ibarra Muñoz, secretario de Hacienda, 82
Juan Pablo II, 201, 202
José López Portillo, presidente de los Estados Unidos Mexicanos, 14, 72, 87, 129, 149, 155, 157, 162, 185
Enrique Olivares Santana, secretario de Gobernación, 113, 150
Augusto Pinochet, presidente de Chile, 206
Ronald Reagan, candidato a la Presidencia de los Estados Unidos de América, 210
Augusto César Sandino, prócer de la revolución nicaragüense, 214
Agustín Téllez Cruces, presidente de la Suprema Corte de Justicia, 111
Cyrus Vance, ex secretario de Estado de los Estados Unidos de América, 204
Fidel Velázquez, secretario general de la Confederación de Trabajadores Mexicanos, 73, 80, 81

SIGLAS

ALFA: Grupo empresarial de Monterrey, Nuevo León
CFE: Comisión Federal de Electricidad
CIA: Agencia Central de Inteligencia
CONASUPO: Compañía Nacional de Subsistencias Populares
CONCANACO: Confederación de Cámaras Nacionales de Comercio
FMI: Fondo Monetario Internacional
IVA: Impuesto al valor agregado
LOCATEL: Servicio de localización telefónica
OEA: Organización de Estados Americanos
OPEP: Organización de Países Exportadores de Petróleo
PAN: Partido de Acción Nacional
PARM: Partido Auténtico de la Revolución Mexicana
PPS: Partido Popular Socialista
PRI: Partido Revolucionario Institucional
PEMEX: Petróleos Mexicanos
PGD: Plan Global de Desarrollo
SAM: Sistema Alimentario Mexicano
SECOM: Secretaría de Comercio
SHCP: Secretaría de Hacienda y Crédito Público
SRA: Secretaría de la Reforma Agraria

Rogelio Naranjo nació en 1937. Se inició profesionalmente en 1965 publicando en el suplemento cultural del periódico **El Día.** Ha colaborado también en **Excelsior, El Universal, Oposición** y **Cine Mundial,** así como en las revistas **Proceso, Siempre!, Mañana, La Garrapata** e **Insurgencia Popular.** Lo más importante de su obra ha sido publicado en los libros **Alarmas y distracciones** (1973), **La escena política 75** (1976), **Me vale madre** (1978) y **Elogio de la cordura** (1979). En 1977 le fue otorgado el Premio Nacional de Periodismo.

papel editorial blanco de 100 g de fábrica de papel san juan, s.a.
negativos de fotolito jem, s. de r.l.
impreso en editorial melo, s.a.
av. año de juárez 226 - méxico 13, d.f.
cinco mil ejemplares más sobrantes para reposición
8 de diciembre de 1980

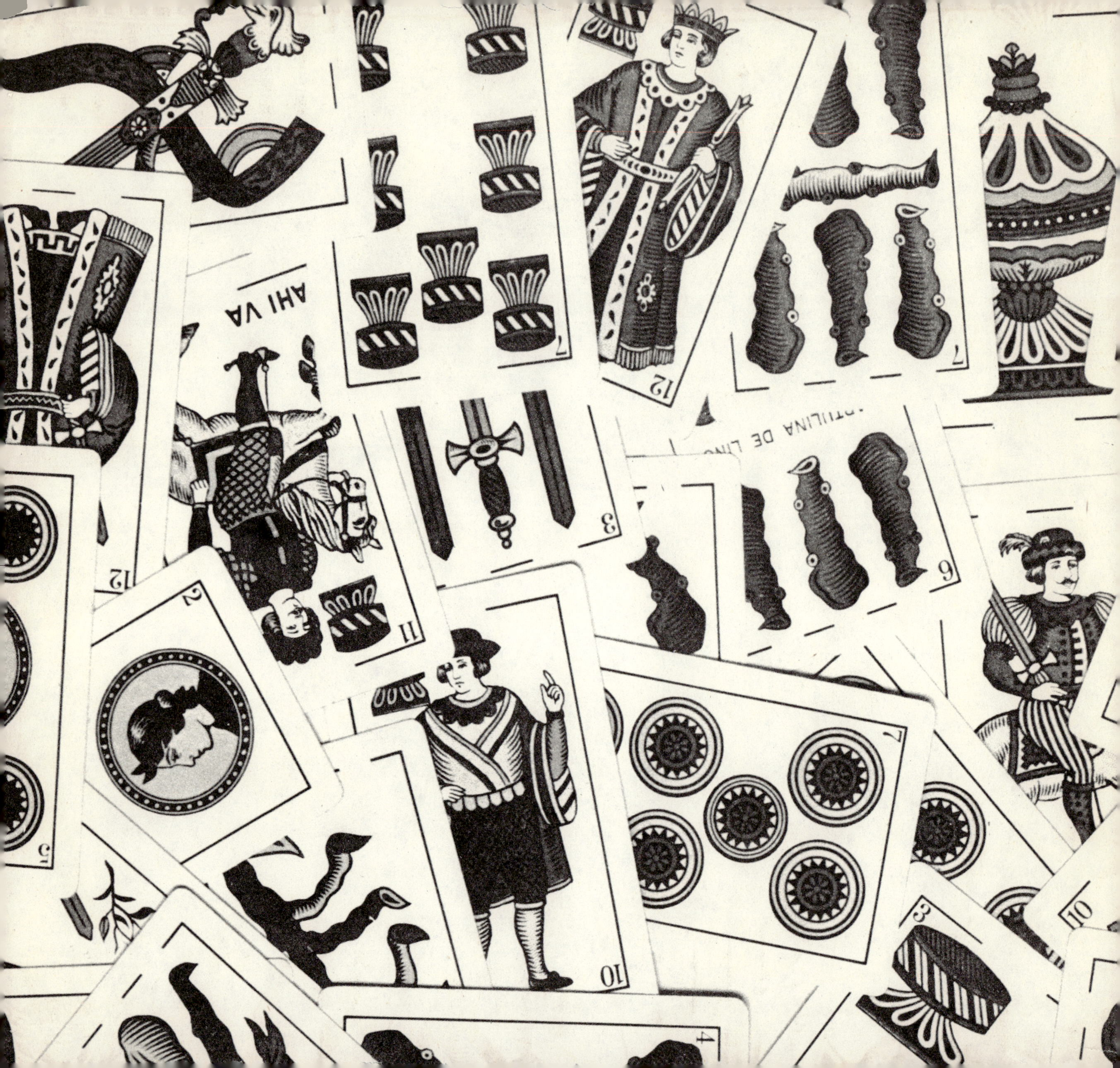
AHI VA

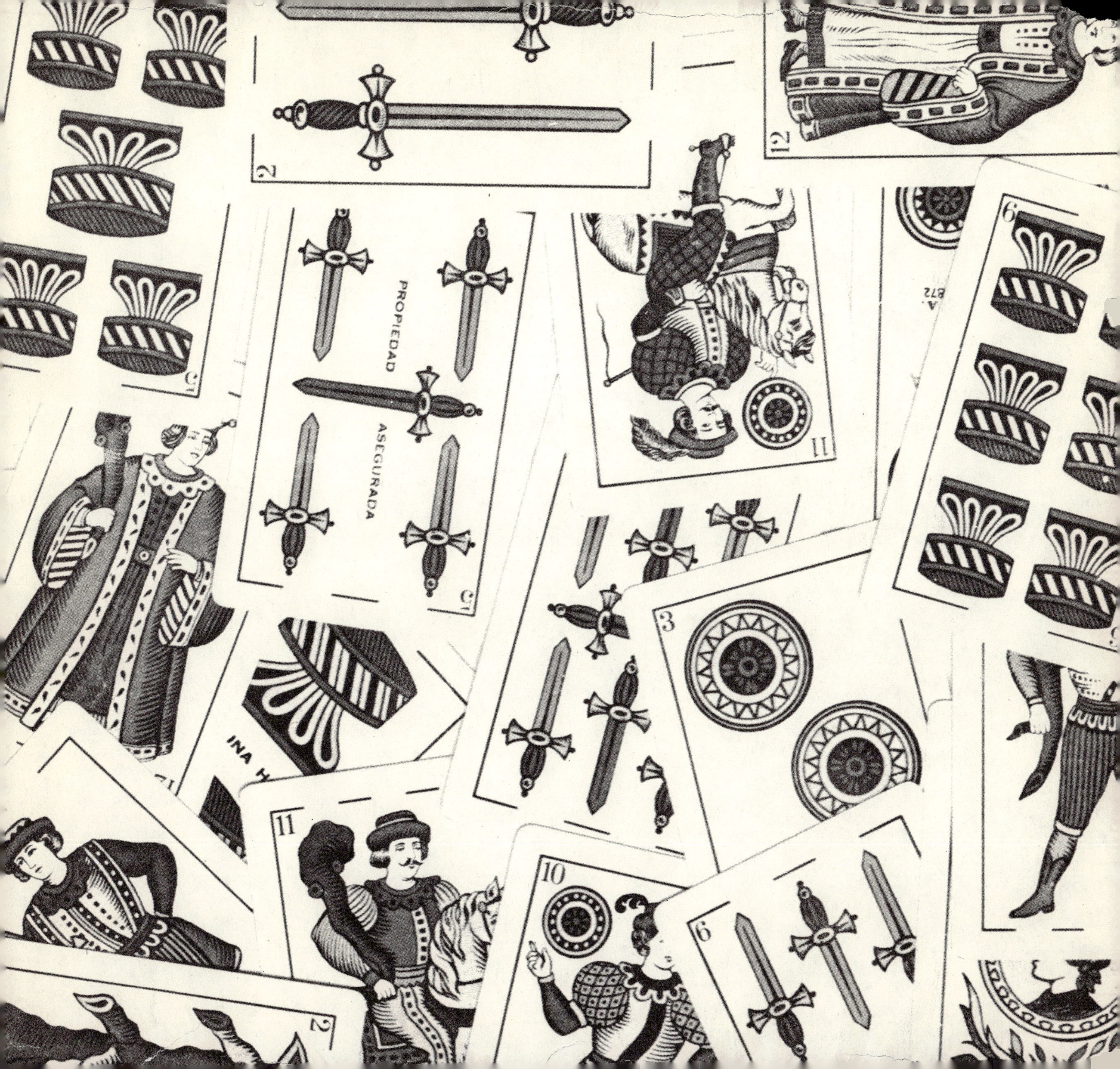
PROPIEDAD
ASEGURADA